侯杰昌

刘经南

顾海良

猶記韶華在珞珈

合校二十年开学典礼和毕业典礼校长寄语

窦贤康◎主编

李晓红

窦贤康

武汉大学出版社
WUHAN UNIVERSITY PRESS

武汉大学2020年毕业典礼
从最美大学毕业　为最美人生拼搏　为最强中国奋斗

湖北日报　李溪　摄

序

世纪之交，中国高等教育改革风起云涌。2000 年 8 月 2 日，由原武汉大学、武汉水利电力大学、武汉测绘科技大学、湖北医科大学四校合并组建的新武汉大学应运而生。

逝者如斯夫。20 年在历史的长河中转瞬即逝，对武汉大学来说却是一段难忘的峥嵘岁月。在不断的融合、改革中，学校在继承中发展，在创新中前进，向着世界一流大学的目标迈出坚实的步伐，每前进一步都更接近我们心中的梦想。

回望 20 年发展历程，武汉大学不断加强党的全面领导，始终坚持以师生为本，以致力于“让学生受到最好的教育”为目标，使优势学科、优秀教师、优质资源、优良环境全面汇聚于立德树人根本任务，不断提升人力资源开发、科研创新、学科建设三大能力，不断优化大学治理、开放办学、服务保障三大体系，学校进入了快速发展的轨道，综合实力、核心竞争力、国际影响力和社会美誉度显著提升，内外办学环境持续向好，师生员工气顺心齐，续写了学校发展新的辉煌。

20 年是一个里程碑，是一个值得纪念、回顾和总结的历史节点。据不完全统计，合校20年间，从武汉大学毕业的学生超过27万之众，这无疑是武汉大学为经济社会发展和人类文明进步做出的巨大贡献。数十万学子也许人生经历各不相同，但都拥有同一份珞珈记忆；而开学典礼和毕业典礼作为大学的“第一课”和“最后一课”，无疑会在大学生的青春记忆中留下特别深刻的印记。典礼上的校长致辞体现了校长们的办学理想，沉淀着他们对人生的思考、对教育的认知、对学生的关爱，给予学子无尽的教益与启迪。一年又一年，学子们伴着校长的嘱咐走进武大，带着校长的期望走向远方。

检视20年间历任校长在开学典礼、毕业典礼上的致辞，是一个具有独特意义的视角。20年，5任校长，42篇致辞，既一脉相承又风采各异，它们凝聚着深厚的家国情怀，赓续着自强、弘毅、求是、拓新的精神传统，也折射出侯杰昌、刘经南、顾海良、李晓红、窦贤康五位校长各具特色的教育思想和学校不同发展阶段各有侧重的办学理念。

四校合并，强强联合，优势互补。合校之初，学校着手机构改革、学院重组、学科调整，大力推进实质性融合，以天时地利促人和，以学科建设为龙头推进综合实力跨越式发展。学校着力打造基础雄厚、知识面宽、能力强、素质高的优秀人才，侯杰昌校长希望大学生把自己的命运和奋斗同人类的进步、国家的前途、民族的兴亡维系在一起，努力成为社会的栋梁之才，成为科教兴国的生力军。他寄语学子：“校兴我荣”，希望大家携手共建国内外知名的高水平大学，极大地激发了“爱我珞珈，兴我武大”的爱校热情。

改革的阵痛带来跨越式发展，武大走出了一条合并高校的成功之路。面对合校过程中的诸多困难和问题，学校坚持科学发展观，以增强综合实力和凝聚力来提升核心竞争力，注重学者、学科、学术、学风、学生五大要素，推动学校全面协调可持续发展，顺利度过了矛盾“凸显期”和“磨合期”，整体形象和地位迅速提升。学校提出创造、创新、创业的“三创”教育理念，着力打造世界一流本科教育，培养高素质、宽口径、厚基础、强能力的拔尖创新人才。刘经南校长寄语学子："和而不同，在自由包容的武大共同进步。"他提倡人文精神和科学精神的高度统一，希望武大学生成为具有国际视野、崇高责任意识和服务人类社会进步能力的优秀人才。"从今天开始，你们要有'天将降大任于斯人也'的责任感和使命感，要有成为未来领导者、科学家、社会活动家和高级专门人才的一种信念和目标，这是你们应当肩负起的历史责任和光荣使命！"

十年和合，十年通变。合校 10 年时，武汉大学核心竞争力和综合实力得到极大提升，显示了蓬勃生机，赢得了广泛赞誉。全体武大人共谋发展，共克时艰，共同奋斗，学校实现了"1+1+1+1>4"的聚合效应，形成了学科高度综合的优势，初步显现了交叉融合发展的广阔前景。学校特别注重创新理念，从"和而不同"到"和合通变"，从"三创"到"五学"，从制定"三步走"战略到推动"三个转变"，从倡导"大学科建设"到实施"跨学科发展"，顶层设计，科学谋划。学校努力办好人民满意的高等教育，顾海良校长希望大学生"具备深邃的世界眼光和深刻的中国意识，拥有海纳百川的胸怀和熔铸百家的气度"，"不断地求真、求实、求新、求善、求美，共同努力，不畏艰辛，勇于超越，止于至善"！

在又一个新起点上，武汉大学确立了建设中国特色、世界一流、国际知名高水平大学的新目标，但也面临诸多新挑战。学校首重"提振精气神"，激励全体武大人振作精神，克难奋进。在校庆 120 周年之际大规模开展武大精神讨论，将其作为一项重要的铸魂工程，使武大精神成为武大人共同的价值追求和精神动力。学校提出办"顶天立地"的大学——建设中国特色世界一流大学；扎根湖北，面向全国，为地方经济建设与社会发展提供强有力支撑，并有了清晰的思路与扎实的行动：一手抓发展、一手抓民生，一手抓校内、一手抓校外；以贡献促共建、以服务求支持，政府有需求、学校有行动；以改革构筑梦想，用实干成就梦想。"武大的学生也要成为顶天立地的人。"每年开学典礼和毕业典礼，李晓红校长都会讲几个生动的故事，讲校园，讲校史，讲校友，并带领学子游校园，希望大学生努力成为"能够引领未来社会进步和文明发展的国家脊梁和领袖人才”，“顶天立地，成就伟业”！

把武大办成一所具有卓越精神和一流水准的大学是武大人的共同理想。今天我们可以自豪地说，我们比任何时候都更接近这个梦想。学校入选首批“双一流”建设高校，办学标准越来越高，与世界一流大学的差距不断缩小。我们要把武汉大学办成一所更加崇尚学术、更加追求卓越、更加关爱学生、更加担当有为的大学，要尽最大的努力以最优质的教育资源培养最优秀的学生。如今，毕业典礼已成为学子终身难忘的青春盛典，特别是从2017年开始在富有历史感的“九一二”操场举行，全体毕业生身着学位服参加，连续几年万人拨穗，雨中高歌，成为武大“标配”。窦贤康校长认为：“大学之大，在于大师之大；大学之优，在于学生之优。”他希望学子“努力成就具有大志向、大视野、大胸怀的大器人生”，“武大人不做则已，要做就做时代的奋进者、开拓者和领跑者”！

一篇篇致辞，始终把握着立德树人的根本任务，呼应着时代与国家对人才培养的需求，贯穿着对武大精神的阐释与坚持，展现着一所大学应有的使命担当与价值坚守，可以从一个侧面见证武汉大学合校20年来的奋斗历程，一窥中国高等教育不断同党和国家事业发展要求相适应、同人民群众期待相契合的伟大征程。

今天我们回顾这些致辞，是站在历史、现实与未来的交会处，反思当下，鉴往知来。新时代赋予高等教育新使命。在新的历史起点上，全体武大人将继续秉承武大精神，同心协力，奋力拼搏，扎根中国大地，争创世界一流，为加快推进教育现代化，建设教育强国，办好人民满意教育，为实现“两个一百年”奋斗目标和中华民族伟大复兴的中国梦做出新的更大贡献！

武汉大学党委书记

韩进

2020年8月2日

目 录

Contents

侯杰昌 校长

全面发展

刘经南 校长

担当有为

顾海良　校长

和合通变

李晓红　校长

顶天立地

窦贤康 校长

追求卓越

侯杰昌　校长

侯杰昌，汉族，广东梅县人，1937 年 11 月生，研究生学历，理学硕士。1965 年 5 月参加工作，1980 年 1 月加入中国共产党。空间物理学家，教授、博士生导师。1997 年 1 月至 2003 年 7 月任武汉大学校长。2020 年 8 月 7 日去世。

全面发展

校兴我荣，共建高水平大学

——在武汉大学2000级新生开学典礼上的讲话

侯杰昌

（2000.9.10）

老师们、同学们、同志们：

今天，我们在这里隆重举行武汉大学2000级新生开学典礼。我代表学校向全体新同学，表示衷心的祝贺和热烈的欢迎！

今年，我校在全国30个省、自治区、直辖市和港澳台地区招收新生11472人，其中普通本科生8532人，硕士研究生2370人，博士研究生570人。此外，招收外国留学生108人。

同学们都知道，今年年初，国务院颁布了第11号文件，对全国高等学校进行管理体制改革和结构布局调整，对武汉大学进行了重新组建。现在的武汉大学由原武汉大学、武汉水利电力大学、武汉测绘科技大学和湖北医科大学合并组建而成，8月2号，新的武汉大学组建成立。

今年，我校的招生录取工作是根据教育部的指示精神，按照“统一领导，分校实施”的原则进行的，并且还进行了录取工作改革，对部分省市实行网上录取。总的来讲，招生情况很好，一是生源充足，二是录取的新生综合素质很高，三是最低录取分数线比往年都有较大幅度的提高。今年我校的招生工作受到社会好评，中央电视台和其他新闻媒体对新武汉大学今年的招生情况进行了多次专题报道，这说明按照“强强联合，优势互补”的原则组建的新武汉大学在社会上树立了一个良好的形象，说明大家普遍看好武汉大学。同时，也说明党中央、国务院关于高等学校管理体制改革和结构布局调整决策的英明正确！

新武汉大学是按照“强强联合，优势互补”的原则组建的，原武汉大学、武汉水利电力大学、武汉测绘科技大学都是经过国家论证并批准进入“211 工程”建设的全国重点大学，都有广泛的国际影响，三所“211 工程”重点建设的大学合并，在全国新组建的大学中独此一家；原湖北医科大学是湖北省的重点高校，不少学科独具特色，而且四校校园依山傍湖，连为一体，这在全国高校中是独一无二的。

新组建的武汉大学学科门类齐全，办学实力雄厚，发展空间更加广阔。学科涵盖哲、经、法、教育、文、史、理、工、农、医和管理共 11 大门类，除军事学科外，其他学科都有。现共有本科专业 117 个，硕士学位授权专业 185 个，博士学位授权学科专业 77 个，有博士后科研流动站 11 个，7 个学科专业被确定为国家基础科学人才培养基地，已建和在建国家级文科科研基地 6 个。有教职工 1.3 万余人，教师 5000 余人，其中正、副教授 3200 余人，中国科学院院士 5 人，中国工程院院士 5 人，欧亚科学院院士 2 人，博士生导师 316 人，同时，还有一大批中青年学术带头人成绩显著，在全国有广泛影响。

武汉大学不仅师资力量雄厚，学术科技实力在全国也名列前茅，每年都为社会贡献了一大批高水平、高效益的基础研究和应用开发的成果。武大教师众多的应用型科技成果不仅具有重大的科学价值，而且产生了巨大的社会效益。GPS 全球卫星定位系统曾在长江流域抗洪斗争和云南丽江大地震预测中发挥了重大的作用。武大教师的许多研究成果和技术在南极和北极科学考察、葛洲坝工程、三峡工程、黄河治理、南水北调、隔河岩水电站建设、三北防护林建设等一大批国家重点工程建设和尖端科学研究之中得到广泛的应用。武汉大学文科教师注重理论与实践相结合，获得了一批具有重大理论与应用价值的科研成果。改革开放之初，韩德培教授等关于终止涉外合同的若干意见被国家有关部门采纳，为国家挽回巨额经济损失。1980 年代中期，余杭教授等提出招标投标理论，被国家和地方有关部门采纳后，为企业增效数亿元。陶德麟教授关于真理标准讨论的文章，李崇淮教授关于武汉“两通起飞”的理论，伍新木教授提出的中国加入 WTO 后湖北的发展对策等都成为武大文科教师辛勤耕耘、服务社会的标志性成果。

武汉大学不仅是许多重大科技成果和高新技术的发源地，是促进经济社会发展的思想库，同时也是创新人才培养的摇篮。据不完全统计，武汉大学已先后为社会输送了 23 万多名专门人才。据有关资料统计，武大校友中目前已有两院院士 70 余人，武大培养的毕业生成为发明家的人数在全国综合性高校中排名第 2 位。在连续四届“挑战杯”全国大学生课外学术科技作品竞赛中，武大学生均获“优胜杯”，团体总分居全国高校前列。在 1999 年国际大学生数学建模竞赛中，武大学生获一等奖 1 项，二等奖 3 项，成绩令人瞩目。此外，武大有多名学生荣获“全国十佳三好学生标兵”和“全国优秀学生干部标兵”等称号，有多个集体被评为“全国优秀青年学生集体”。前不久，武大学生又在 2000 年全国大专辩论大赛上夺得冠军，并将代表中国大学生参加明年在新加坡举行的国际大专辩论赛，这是武大学生综合素质向社会的再一次集中展示。

新组建的武汉大学，是教育部直属的重点高校。国家已明确定位，要“将新的武汉大学建设成为国内外知名的高水平大学”。这种定位在国内高校为数不多，除北大、清华之外，定位为国内外知名的高水平大学只有 8 所，中南地区只有武汉大学一所，这是武汉大学的光荣和骄傲。前不久，省市领导考察了武汉大学，表示要举全省之力支持武汉大学创建国内外知名的高水平大学，支持武汉大学创建世界一流的目标。这对我们是最大的支持，最大的鼓舞，同时也是最高的要求，最大的鞭策。湖北省委、省政府和教育部正在积极研究，准备在今后若干年内，持续加大对武汉大学共建经费的投入力度，为学校的改革和发展创造更为有利的条件。

经过初步研究和论证，我们提出新武汉大学的发展目标为：通过几代人锲而不舍的努力和坚持不懈的追求，建设一批具有世界一流水平的学科，造就一批站在世界学科发展前沿的学术大师，取得一批重大的、创造性的基础理论研究成果和高新技术研究成果，培养一大批高素质的创新型人才，创建一流的育人环境，到2010年，把武汉大学建成国内外知名的高水平大学，成为科教兴国的主力军，在国际上享有崇高的学术地位和声望，到21世纪中叶，把武汉大学建设成为世界一流大学。

目前，在学校党委的领导下，学校正在按照“人事、教学、科研、财务”四统一的要求，着手机构改革、学院重组、学科调整，积极推进实质性融合工作，努力为同学们的成长营造一个良好的学习、生活环境。同学们，你们能到武汉大学来学习深造，是非常幸运的，应该感到骄傲和自豪。

借此机会，我对同学们提几点要求：

第一，要加深认识高校管理体制改革和结构布局调整的重要意义。

当今世界，科学技术日新月异，知识经济初见端倪，国家的综合国力和国际竞争力越来越取决于教育发展、科技进步和知识创新的水平。科教兴国已成为全民的共识。高等学校管理体制改革和结构布局调整正是实施“科教兴国”战略的重要举措。新武汉大学正是在这种形势下应运而生的，可以说，顺乎世界发展之潮流，合乎民族振兴之需要。新武汉大学的组建，有利于教育资源的优化配置，有利于学科交叉、融合、渗透，促进新兴学科的生长和发展，有利于科学创新，有利于人才培养，是推进学校发展的一项具有战略意义的重大举措，标志着学校的改革和发展上迈出了重要的历史性的一步。学校正处于融合的过程中，希望同学们从讲政治、讲大局的高度来认识问题，维护学校安定团结的局面，积极参与学校的改革和建设，学校欢迎同学们为学校的融合、改革、发展献计献策。

第二，要树立远大理想，明确学习目标，掌握学习方法，养成良好的学习习惯。

首先，要有崇高的理想和远大的目标。个人的成长和发展是与民族的命运、前途息息相关的。个人的抱负不可能孤立地实现，只有把个人的理想与时代和人民的要求，与国家的前途紧密结合，用自己的知识和本领为祖国为人民服务，才能使自身价值得到充分实现。因此，同学们一定要树立为中华民族的伟大复兴而发愤学习的理想和目标。

其次，要勤奋。中国有句古话，叫“业精于勤荒于嬉”，同学们要有所成就，必须有“水滴石穿”的坚韧精神，付出99%的血汗，激发那1%的灵感。

与此同时，要学会学习，养成良好的学习习惯。现在，科技发展越来越快，经济结构在不断变化，人们的职业也在不断改变。有专家预测，21世纪人们的职业平均每5年改变一次。要适应这一形势的发展，一方面，要求知识面宽，基础厚，素质全面，一专多能，以不变应万变；另一方面，要有终身学习的观念。学习知识固然重要，更重要的是要学会学习。对同学们来说，就是要学会自学，培养自学能力，发挥学习的主观能动性，尽量减少对老师的依赖性。同学们要善于利用大学提供的有利环境，有所选择地自主学习，充分发挥自己的个性和特长，有意识地提高自己的创造能力，努力成为适应社会需要的创新人才。同时，要积极参加社会实践，坚持学习与实践紧密结合，注重培养观察能力和动手能力。

第三，要增强创新意识，培养创新能力。

科学的本质就是创新，创新是一个民族的灵魂，是一个国家兴旺发达的不竭动力。有没有创新能力，能不能进行创新，是在当今世界范围内经济和科技竞争中能否取胜的决定性因素。同学们，你们的任务不仅仅是掌握、运用、传播科学文化知识，更重要的是要增强创新意识，培养创新能力。希望你们勤动脑，多动手，大胆实践，敢于冒尖，敢于当领头雁，敢于一马当先。

第四，要树立校园主人翁意识，关心学校，爱护学校。

同学们，创办一流的大学需要我们的共同努力。要树立“校兴我荣，校衰我耻”的主人翁意识，不断以自己的成绩为学校争得荣誉。同时，一流的大学需要有一流的环境。武汉大学坐拥珞珈山，环绕东湖水，校园里面是桃红樱白，鸟语花香，自然条件得天独厚，素有“花园式大学”之美誉，除此之外，还有文化品位高雅的人文、建筑景观。希望你们像爱惜自己的眼睛一样来爱护学校，爱护学校的公共财物，爱护周围的环境，保持校园的整洁与美丽。

社会发展到今天，知识在经济发展中的地位和作用越来越重要，智力资本作为最重要的资本，成为关系一国国民经济和社会发展的关键因素，成为一国未来竞争能力的首要条件。当今的国际经济和科技竞争，越来越围绕人才和知识的竞争展开，发展的优势蕴藏于知识和科技之中，社会财富日益向拥有科技优势的国家和地区聚集，谁在知识和科技创新上占优势，谁就在发展上占据主导地位。同学们是祖国未来的建设者和接班人，你们掌握知识、运用知识和创造知识的能力，将直接关系着祖国未来的发展。希望同学们不仅要学好专业知识，还要注重拓宽知识面，努力提高自己的科学素养和人文素养，注重培养自己的创新能力、实践能力和动手能力，努力提高自己的思想政治素质，不断增强自己的爱国主义、集体主义、社会主义思想，树立正确的世界观、人生观、价值观。

江泽民总书记在北京大学100周年校庆的讲话中，要求青年朋友“坚持学习科学文化与加强思想修养的统一，坚持学习书本知识与投身社会实践的统一，坚持实现自身价值与服务祖国人民的统一，坚持树立远大理想与进行艰苦奋斗的统一”。同学们，希望你们认真领会江总书记提出的“四个统一”的内涵精神，励精图志，奋发图强，刻苦学习，努力把自己造就成一个基础雄厚、知识面宽、能力强、素质高的优秀人才。

衷心祝愿同学们健康快乐、学业有成！

谢谢大家！

理想　创新　协作　进步

——在武汉大学 2001 届毕业生毕业典礼上的讲话

侯杰昌

（2001. 6. 28）

老师们、同学们、朋友们：

今天，学校隆重举行新世纪的首届毕业典礼。我代表学校向圆满完成学业的全体同学表示热烈的祝贺，向为培养合格人才付出了大量心血的广大教职员工表示衷心的感谢，向来校参加毕业典礼的家长代表和新闻界朋友表示热烈欢迎！

今年，我校共有 8137 名同学毕业。截至目前，毕业本科生一次性就业率达 91. 5%；毕业研究生一次性就业率达 97. 5%。在当前就业情况比较严峻的形势下，我校能保持毕业生的高就业率，这与同学们的综合素质高和学校在社会上的良好声誉是分不开的。在这里，要特别提到的是，我校有 268 名毕业生志愿到边远地区去建功立业，为我们树立了艰苦创业、无私奉献的榜样。

大学的时光虽然短暂，但对同学们未来生活的影响非常深远，这个阶段的生活将永远值得我们留恋和回忆。现在，同学们即将奔赴新的工作和学习岗位，校园里处处洋溢着依依惜别、情深意浓的气氛。我们珍惜过去的美好生活，但我们更憧憬灿烂的明天。在同学们即将离校之际，我代表学校，向大家提几点要求和希望：

第一，要进一步树立崇高的理想和远大的目标。新的世纪是一个充满竞争和希望的世纪，我国现代化建设的第三步战略目标将在你们这一代人手中实现。国家要强盛，我们的民族要振兴，希望都寄托在你们年轻人身上。同学们，你们无论走向何方，从事何种职业，都要以民族利益和国家利益的大局为重，讲学习，讲政治，讲正气，用自己的聪明才智和所学的本领，为国家的建设添砖加瓦，自觉地把个人理想融入到全国各族人民建设有中国特色社会主义的共同理想之中，把个人奋斗融入到为实现祖国社会主义现代化建设的奋斗之中。

第二，要勇于创新，敢为天下先。科教兴国，全社会都要参与，受过高等教育的同学们更应奋勇当先，带头弘扬科学精神，传播科学思想，倡导科学方法，普及科学知识。同学们肩负着振兴中华、建设祖国的历史重任，你们的任务不仅仅是掌握、运用、传播科学文化知识，更重要的是要有创新精神，要能够创新，能够出成就。在你们当中，有许多同学在学校学习期间就已经展示了自己的才华，显示了蓬勃的创造能力。我相信，每一位同学只要肯学习，勤动脑，不断增强创新意识，大胆实践，并善于把握机遇，就一定能够成就大的事业。

第三，要加强自我修养，发挥团结协作精神。当今世界，经济的全球一体化和科学技术综合、交叉发展的趋势使一项工作已无法由一个人单独完成，而必须依赖于集体的协作。希望同学们在今后的工作中要十分注意团结协作，善于发挥集体的智慧和力量。同时，希望同学们严格要求自己，加强自身修养，踏踏实实地做好每一件有意义的事情。

第四，要树立终身学习的观念。近百年来，人类社会发生了翻天覆地的变化，科学技术加速向前发展。经济结构也在不断调整，未来世界的科学技术和经济文化还会有巨大的发展，我们对社会和自然界的认识还会不断深化。同学们作为社会栋梁，要完成建设祖国的历史使命，就必须紧跟时代，不断地丰富和提高自我，不断充实新知识，调整和完善自己的知识结构，因此，必须树立终身学习的观念，坚持活到老，学到老，向书本学习，向实践学习，研究新情况，解决新问题。这样才能适应瞬息万变的社会需要，才能实现中华民族强国富民的夙愿。

第五，希望同学们一如既往地关心武大、热爱武大。武汉大学要在 21 世纪再现辉煌，成为世界一流的大学，要实现这个奋斗目标，需要几代师生员工和广大海内外校友，包括在座诸位的共同努力。希望同学们离开母校后，继续保持和发扬“爱我珞珈，兴我武大”的精神，关心和支持母校的改革和发展。欢迎同学们常回母校看看，加强与母校的联系和合作。

学校十分重视校友的工作，建立了武汉大学校友总会和校友基金会，有专门的办公机构和专职工作人员，在世界范围内有 89 个校友分会组织，国内各大中城市都有校友分会。校友会组织既是校友与母校之间加强联系与沟通的纽带，也是校友之间相互支持和帮助的桥梁。希望同学们毕业离校后，主动与校友会联系，与学校联系，我们会竭尽全力，一如既往地关心和帮助大家。1995 年 11 月，学校设立了“武汉大学杰出校友奖励基金”，奖励为社会作出了突出贡献的校友，截至去年，学校已评选了两届共 17 位杰出校友并给予了奖励。学校期待在座的每一位同学在不久的将来，都能陆续成为武汉大学的杰出校友。

同学们，你们即将告别师长和学友，离开母校，从一个受惠于社会的学子转变为奉献于社会的公民。希望同学们在新的岗位，知难而进、艰苦奋斗，淡泊名利、无私奉献，积极投身于祖国改革与发展的伟大实践，为社会主义事业的兴旺发达和中华民族的伟大复兴建功立业。

祝愿同学们在今后的工作和学习中不断取得辉煌的成绩！

祝同学们工作顺利，生活幸福，旅途平安！

机遇　理想　创新　自律

——在武汉大学2001级新生开学典礼上的讲话

侯杰昌

（2001.9.10）

同学们、老师们、同志们：

今天，我们在这里隆重举行2001级新生开学典礼，我代表学校向全体新同学表示热烈的欢迎和衷心的祝贺！

今年，我校共招收新生11899人，其中普通本科生7887人，硕士研究生3122人，博士研究生770人，外国留学生120人。

武汉大学是一所具有悠久历史和光荣革命传统，在国内外拥有很高学术地位的国家重点大学。2000年8月，按照“强强联合，优势互补”的原则，经国务院批准，新武汉大学组建成立，标志着武汉大学进入了一个崭新的发展时期。现在的武汉大学学科门类齐全，办学实力雄厚，发展空间更加广阔。教育部将武汉大学的建设目标定位为国内外知名的高水平大学，湖北省也多次表示要举全省之力，把武汉大学建设成为世界一流的大学。今年年初，教育部和湖北省正式签署协议，除正常经费安排之外，3年内另向学校共同投入建设经费8亿元，对武汉大学实行重点共建。同学们入校报到时都领有一张学校简介，对武汉大学可能已经有一个比较全面的了解，对此我不再重复讲。

同学们，你们能到武汉大学来学习深造是非常幸运的，应该感到骄傲和自豪。借此机会，我给同学们提几点要求：

一、把握人生发展机遇，尽快适应新环境，力争有一个良好的开端

同学们能到大学来学习深造，非常不容易。无论是刚从中学来的本科新生还是刚考上硕士、博士的研究生，思想上决不要松懈，“入学通知书”不是人生保险单，而是人生新机遇的起点；大学不是“红色保险箱”，而是人生道路上一个至关重要的历史阶段。据研究，人的知觉能力发展的顶峰年龄为 10 岁至 17 岁，70 岁以后失去一半以上能力；记忆能力和动作技能发展的顶峰年龄在 18 岁至 29 岁；比较和判断能力发展的顶峰年龄为 30 岁至 49 岁。有人从知觉、记忆、比较、判断、动作以及反应速度等各方面考察年龄与智力之间的关系，结果是 18~29 岁得分最高，其次是 30~49 岁。也就是说，青年时期，特别是大学时期是人的智力发展的高峰期，最佳学习能力的年龄为 20~24 岁，正好处在大学阶段。希望同学们把握好人生的发展机遇，珍惜大好时光，努力刻苦学习。同时，我要提醒同学们，要尽快适应新的环境，适应大学生活。尤其是本科新生，要力争用最短的时间完成由中学生向大学生角色的转变，要尽快适应大学的学习方式和管理方式。大学强调学生自学和自我管理，上课之外的“业余时间”是给同学们自主安排学习的时间，要养成跑图书馆查阅资料、博览群书的良好习惯。

二、要树立远大理想，明确学习目的

古人云：志当存高远。新一代大学生，是国家和民族未来的希望，中华民族要在 21 世纪实现伟大复兴，希望都寄托在青年朋友们身上。你们掌握知识、运

用知识和创造知识的能力，将直接关系国家未来的发展。每一位大学生都应该树立起历史使命感和社会责任感，只有把国家的前途和命运与自己的学习目的紧密结合起来，在学习中才会有永不懈怠的精神动力。同时，也只有把个人的理想与时代和人民的要求，与国家的前途、命运有机联系在一起，用自己的知识和本领为祖国为人民服务，才能使自身价值得到充分体现。我们鼓励成名成家，鼓励当“领头雁”，但成名成家的首要条件是要有远大理想，有锲而不舍的追求。古今中外，所有有作为的知识分子，无不是把自己的命运和奋斗同人类的进步、国家的前途、民族的兴亡维系在一起，如布鲁诺、居里夫人、周恩来、鲁迅、钱学森、李四光等都是有远大理想和献身精神的知识分子。希望在不远的将来，同学们都能成为社会的栋梁之才，成为科教兴国的生力军。

三、要学会学习，学会创新

学会学习既是新入学的大学生适应大学生活的需要，也是将来适应社会发展的需要。美国未来学家阿尔文·托夫勒说：“未来的文盲不再是不识字的人，而是没有学会学习的人。”当今世界，科学技术在突飞猛进地发展，社会经济结构在不断地变化，人们的职业也将不断改变。过去那种在大学“充电”，然后一辈子在工作岗位上“放电”的时代已不复存在。新学科的不断出现也要求同学们无论是在学校期间还是将来走上工作岗位，都要不断地充实和更新自己的知识，不会计算机，不精通外语，不具备自学能力已不适应现代社会需要。要学会学习，就必须树立正确的学习观，掌握科学的学习方法。

同学们在大学期间不仅要学好专业知识，还要注重拓宽知识面，努力提高自身的综合素质。“宽口径、厚基础、高素质”是社会对人才的基本要求，同时，未来的人才是创新型的人才。创新是人类走向美好未来的希望所在，也是时代的要求。有没有创新能力，能不能进行创新，是在当今世界范围内经济和科技竞争中能否取胜的决定性因素。很多研究和事实表明，青年时期是人的一生中创造力发展最活跃的时期，也是创造力水平最高的时期。在人类历史上，在科学各个领域的许多新思想、新理论、新创造，大多出自无所畏惧的青年人，如伽利略 17 岁发现了钟摆原理，爱因斯坦 26 岁提出了光量子说，建立了狭义相对论，爱迪生 21 岁获得了第一项发明专利，曹禺 23 岁写出话剧《雷雨》。同学们，希望你们勤动脑、多动手，大胆实践，标新立异，努力发现问题，并学会创造性地解决问题。人类的知识宝库等着你们去发明创造、添砖加瓦。

四、遵纪守法、爱护学校，做一个文明健康的大学生

努力提高综合素质是同学们追求的目标，所谓综合素质，不仅包括高水平的科学文化素质，而且也包括高境界的思想道德素质，良好的心理素质和健康的身体素质。希望同学们在攀登科学高峰的过程中，不要忘了道德的修养和身心健康的锻炼。遵纪守法，是对大学生最基本的要求，大学里不可能像中学阶段一样，整天有老师在督促，同学们自由支配的时间多了，千万不可放松对自己的要求。同学们一定要学会修身养性，严格自律，只有不断升华精神境界，完善自身品格，才能保证正确的航向。

此外，要树立“校兴我荣，校衰我耻”的主人翁意识，关心学校的建设与发展，爱护学校的荣誉和环境，把武汉大学创办成世界一流的高水平大学需要老师们和同学们的共同努力。

同学们，希望你们励精图治，奋发图强，努力学习，刻苦钻研，努力把自己造就成“代表先进生产力，代表先进文化前进方向，代表最广大人民利益”的优秀人才。

衷心祝愿同学们健康快乐，学业有成！

谢谢大家。

加强自我修养，树立终身学习观念

——在武汉大学2002届毕业生毕业典礼上的讲话

侯杰昌

（2002.6.28）

老师们、同学们、朋友们：

今天，我们在这里隆重举行2002届毕业典礼，我代表学校向顺利完成学业的全体同学表示热烈祝贺！

毕业生离校是校园里最动人的风景。同学们踌躇满志，意气风发，欢欣鼓舞，情深意浓，感染着我们每一个人。明天同学们就要告别老师和同学，离开母校，从一个受惠于社会的学子转变为奉献于社会的公民，马上就要走上新的岗位了，希望大家在新的岗位上努力工作。国家要强盛，民族要振兴，希望都寄托在年轻人身上。现在，各行各业都需要人才，尤其是受过高等教育，有理想、有才华、有能力的年轻人普遍受到欢迎。就我们武大来说，今年比去年多毕业70%的学生，今年毕业生的一次性就业率比去年还高0.1%，在同类高校中，名列前茅。我们相信，受过高等专业训练，又有良好素质的武大学子只要努力工作，敢于创新，大胆实践，并善于把握机遇，就一定能够在各自的工作岗位上做出成绩，大展宏图，成就大业。

大家在做好工作的同时，还要抓住一切可用的时间进行学习。中国有句格言：书山有路勤为径，学海无涯苦作舟，讲的是要刻苦勤奋，学无止境。我们所处的时代是信息爆炸、知识爆炸的时代，科学技术日新月异，经济结构不断调整，我们对社会和自然界的认识也正不断深化。同学们走向社会以后，一定要紧跟时代，不断用新知识充实自己，活到老，学到老。知识的积累是多方面的，不仅要向书本学习，还要向实践学习，向周围的人学习，学会与人相处、合作、共事；不仅要保证专业知识和技能好，还要树立先进的人生观、世界观、价值观，只有这样才能适应社会需要，才能实现强国富民的夙愿。

希望同学们在工作学习之余，要加强身体锻炼。身体是工作事业的本钱，身心健康对人的事业和生活非常重要，没有健康的身体就不能担负繁重的工作和学习任务。同学们也要作好思想准备，在今后的工作学习生活中，有许多事情可能做得成功，但有些事情可能会受到挫折，希望同学们不管是顺境还是逆境，都要学会调节自己，使自己处于平常的心态之中。同学们走向新的工作岗位后，要加强自我修养，永远朝气蓬勃，永远充满生机和活力。

同学们，无论过去、现在还是将来，你们都是武汉大学的成员。武汉大学的事业需要你们去传承，武汉大学的价值要通过你们去体现，武汉大学的精神需要你们去发扬，武汉大学的未来需要你我共同创造。学校要在 21 世纪建成为世界一流大学，需要几代师生员工和广大海内外校友的共同努力。希望同学们离开母校后，继续保持和发扬“爱我珞珈，兴我武大”的精神，关心和支持母校的改革和发展，加强与母校的联系和合作。1995 年 11 月，学校设立了“武汉大学杰出校友奖励基金”，奖励为社会作出了突出贡献的校友。学校期待着在座的每一位同学在不久的将来，都能陆续成为武汉大学的杰出校友。

同学们，21 世纪是一个充满竞争和希望的世纪，现代化建设的第三步战略目标将在你们这一代人手中实现。希望同学们在新的岗位，努力学习和实践“三个代表”重要思想，知难而进、艰苦奋斗，淡泊名利、无私奉献，用自己的聪明才智和所学的本领，为民造福，为国家建设添砖加瓦，为社会主义事业的兴旺发达和中华民族的伟大复兴建功立业。

祝愿同学们在今后的工作和学习中不断取得辉煌的成绩！

祝同学们工作顺利，生活幸福，旅途平安！

与时俱进，全面发展

——在武汉大学2002级新生开学典礼上的讲话

侯杰昌

（2002.9.11）

老师们、同学们、同志们：

今天，我们在这里隆重举行2002级新生开学典礼，我代表学校向12056名新同学表示热烈的欢迎和衷心的祝贺！今年新生中，有普通本科生7083人，硕士研究生3937人，博士研究生951人，外国留学生85人。

关于武汉大学的历史和现状，同学们已通过各种渠道有所了解。武汉大学有哪些特色？下面我作一个简要的介绍。

武汉大学具有悠久的办学历史和光荣的革命传统。武汉大学的历史溯源于清末湖广总督张之洞于1893年奏请清政府创办的湖北自强学堂。在湖北自强学堂办学的基础上，经过不断的演变和发展，1928年组建为国立武汉大学。从湖北自强学堂创办算起，武汉大学走过了109年的光辉历程。武汉大学位于九省通衢的武汉，曾被誉为“革命的摇篮”。周恩来、董必武、陈潭秋、邓颖超、罗荣桓、郭沫若、李汉俊、伍修权、郭述申等老一辈无产阶级革命家曾在武汉大学从事过革命活动。中国共产党“一大”代表中，有5人与武汉大学有密切联系，其中著名哲学家李达教授担任校长长达14年。

武汉大学学科门类齐全，综合实力位居全国高校前列。武汉大学的学科涉及11大门类，涵盖的学科包括哲学、文学、史学、经济学、法学、管理学、理学、工学、农学、医学和教育学，本科专业100个，硕士点学科188个，博士点学科99个。武汉大学的学科优势十分明显，有50个学科领域处于国内先进水平，部分学科领域处于世界前沿。2001年，国家组织专家评审国家级重点学科，武汉大学有20个学科榜上有名，国家级重点学科数排在全国高校第7位。科学研究成绩显著，为国家和地方的经济建设和社会进步作出了应有贡献。现有8个国家级科研机构，其中国家重点实验室2个，国家人文社会科学重点研究基地6个，还有一批专业实验室和工程技术研究中心。科研的实力和条件位居全国高校前列。

武汉大学拥有一支高素质的教师队伍。现有专任教师3500人，其中，博士生导师569人，教授850人，副教授1400人，两院院士11人。武汉大学不仅有一批著名的资深学者，而且还有一大批崭露头角的中青年专家，他们是武汉大学办学实力的象征，也是武汉大学的骄傲。

武汉大学具有开放办学的传统，现已与世界60个国家和地区的200多个高校和科研机构建设了合作交流关系，有180多位国外专家被聘为学校兼职或客座教授。

武汉大学的其他办学资源也十分丰富。图书馆藏书507万册，中外期刊1万余种，藏书量之大、图书资料的品种之多在全国高校中是屈指可数的。今年，教育部批准8所高校开展创业教育试点工作，武汉大学是试点学校之一。创业教育是一种新的教育理念，是推进素质教育的一个重要改革举措。学校为此制订了“创业教育行动计划”，提出培养学生创造、创新、创业精神和能力的“三创教育”。“三创教育”强调不仅要培养学生的创新精神和创新能力、创造精神和创造能力，而且还要培养学生的创业精神和创业能力。年初，教育部批准我校具有本科专业自主设置权，这也是有利于办学的一个重要资源（条件），对于优化学校的学科结构能起到积极作用。此外，武汉大学环境优美，风景宜人，有利于同学们学习和生活。

武汉大学的亮点还有很多，我不详细介绍，借此机会，给同学们提几点要求：

一、要志存高远，刻苦钻研

青年朋友对人生有很多美好的设计，有很多良好的愿望，我相信有一个愿望是共同的，就是像古今中外所有有作为的知识分子一样，成名成家，多为国家作贡献。实现远大理想需要锲而不舍的努力和追求。同学们能到武汉大学学习深造，非常不容易。无论是刚从中学来的本科新生还是刚考上硕士、博士的研究生，思想上决不要松懈。研究和实践表明，人的智力发展的高峰期和最佳学习能力的年龄为 20~24 岁，正好处在大学阶段。希望同学们把握好人生的发展机遇，珍惜大好时光，努力学好为国家现代化建设服务的知识和本领。

二、要独立自主，学会学习

美国未来学家阿尔文·托夫勒说：“未来的文盲不再是不识字的人，而是没有学会学习的人。”随着社会的不断发展变化，过去那种在大学“充电”，然后一辈子在工作岗位上“放电”的时代已不复存在。人人都需要不断地充实和更新自己的知识，不会计算机、不懂外语、不具备自学能力已不适应现代社会需要，这就使学会学习比学习知识本身更重要。学会学习同时也是同学们现阶段适应大学生活的需要。大学的学习，有较大的自主性，需要同学们树立正确的学习观，在老师的引导下，通过独立钻研，去获取知识，增长才干，不仅要通过考试，取得学分，而且要有意识地培养思维创新能力；不仅要学习课堂上老师传授的知识，而且要通过图书馆、信息网等多途径主动学习；不仅要深入学习本专业、本学科的知识，而且要广泛涉猎其他领域的知识，探索学科边缘、交叉点上的广阔知识。同时，我要提醒同学们，要尽快适应新的环境，适应大学生活。尤其是本科新生，要力争用最短的时间完成由中学生向大学生角色的转变，要尽快适应大学的学习方式和管理方式。

三、要与时俱进，大胆创新

未来的人才是创新型的人才。创新是人类走向美好未来的希望所在，也是时代的要求。有没有创新能力，能不能进行创新，是在当今世界范围内经济和科技竞争中能否取胜的决定性因素。很多研究和事实表明，青年时期是人的一生中创造力发展最活跃的时期，也是创造力水平最高的时期。在人类历史上，在科学各个领域的许多新思想、新理论、新创造，大多出自无所畏惧的青年人，如伽利略17岁发现了钟摆原理，爱因斯坦26岁提出了光量子说，建立了狭义相对论，爱迪生21岁获得了第一项发明专利，曹禺23岁写出话剧《雷雨》。同学们，希望你们勤动脑、多动手，大胆实践，标新立异，努力发现问题，并学会创造性地解决问题。

四、要严格自律，全面发展

“宽口径、厚基础、高素质”是社会对人才的基本要求。同学们都要通过大学的学习，学好专业知识，拓宽知识面，提高自身的综合素质。所谓综合素质，不仅包括高水平的科学文化素质，而且也包括高境界的思想道德素质、良好的心理素质和健康的身体素质。希望同学们在攀登科学高峰的过程中，不要忘了道德的修养和身心健康的锻炼。良好的身体素质和心理素质是学业成功的保证，是当代大学生健康成长的内容之一。同学们要加强体育锻炼和个性修养，提高承受困难和挫折的能力，努力使自己成为德、智、体全面发展的社会主义现代化建设的合格人才。

同学们，你们是武汉大学的重要成员，是学校的生力军。“校兴我荣，校衰我耻”，把武汉大学办成世界一流的高水平大学是国家给武汉大学的定位，是学校的奋斗目标，需要老师们和同学们的共同努力。殷切期望同学们关心学校，爱护学校，积极参与学校的改革和建设，为学校跨越式发展作出贡献。我相信，在校党委的统一领导下，只要按照“三个代表”的要求，努力实践，大胆创新，我们的目的一定能达到！

衷心祝愿同学们健康快乐，学业有成！

谢谢大家。

做一个对社会有贡献的人

——在武汉大学2003届毕业生毕业典礼上的讲话

侯杰昌

（2003.6.27）

老师们、同学们、朋友们：

今天，是2003届毕业生的毕业典礼，我代表学校向圆满完成学业的全体同学表示热烈的祝贺，向来校参加毕业典礼的家长代表和新闻界朋友表示热烈欢迎！

今年我校共有10673位同学毕业，多数同学走向社会就业，部分同学继续攻读更高的学位或出国深造。本科毕业生的就业总落实率为84.2%，研究生的就业总落实率为93.22%（全国平均为47%）。今天在座的同学不管是本科、硕士，还是博士，大家都表现出朝气和自信，这使学校和老师们都很高兴，老师们的心情也与同学们一样，有收获的喜悦，也有离别时的难分难舍。

在这里，我要特别说几句。在今年毕业的学生中，有161位同学志愿到西部去工作，响应西部大开发的号召，到最艰苦的地方去，到祖国最需要的地方去建功立业，这种无私奉献、艰苦创业的精神永远值得我们学习。

在同学们临别之际，我代表学校和老师们说几句临别赠言，与大家共勉：

第一，希望大家尽快适应社会。大学毕业是人生中的一个重要转折点。在此之前，绝大多数同学一直是以受惠于社会的学子身份生活，毕业以后，同学们就成为自食其力、服务社会的公民了。角色的转换会给同学们的生活带来很大的变化，毕业以后，同学们面临的第一个人生课题就是适应社会，同学们要有充分的思想准备，以良好健康的心态来迎接新的挑战，不断调整自己，完善自己，使自己在知识、心理、生理、技能等各个层面与社会的发展相协调，与自己担当的社会角色相协调，努力扮演好自己的社会角色。适应社会需要一个过程，首先要认识社会，理解社会，了解社会的“游戏规则”，并模范遵守这些规则。我们要用客观的态度来正确认识我们所赖以生存的环境，理解这个社会，并努力去适应，去服务，去建设。

第二，希望大家努力工作。大家往后的任务，主要是工作了，是服务了。中国与发达国家相比，还有很大差距，我们要努力地缩小这个差距。十六大报告指出，我们要在21世纪头20年，集中力量，全面建设惠及十几亿人口的，更高水平的小康社会，使经济更加发展，民主更加健全，科教更加进步，文化更加繁荣，社会更加和谐，人民生活更加殷实。这个奋斗目标符合国情实际，符合人民的愿望。这些任务的完成，实现社会财富的创造、积累和相对公平的分配需要在座各位同学和全体国民不懈的努力。国家要强盛，民族要振兴，希望都寄托在年轻人身上。现在，各行各业都需要人才，尤其是受过高等教育，有理想、有才华、有能力的年轻人。有许多同学在学校学习期间就已经展示了自己的才华，显示出良好的专业基础和蓬勃的创造能力，希望同学们抓住毕业后的黄金时光，追求人生的又一次卓越。我相信，每一位同学只要肯学习，勤动脑，敢于创新，大胆实践，并善于把握机遇，就一定能够大展宏图，成就大的事业。

第三，希望同学们始终保持青春活力，始终保持与时俱进的精神状态。要更好地发挥社会栋梁、民族精英的作用，必须要有健康的身体。只有一个健康的人，才能有旺盛的精力服务社会，有积极高昂的精神状态奉献社会。所以我希望同学们加强锻炼，珍惜自己的身体，同时，要加强自我调适和自我修养，维护心理健康，不断提升自己的精神境界。在提高生活质量的同时，提高生存境界。

第四，希望同学们坚持学习。只有不断学习，才能适应社会需要，才能更好地服务社会。

同学们，虽然你们很快就要离开武汉大学，但你们在珞珈山求学的经历将使你们永远地成为了武汉大学的一分子。明天你也许不再是武汉大学在读的学生，但你们是武汉大学的校友，武汉大学的盛衰荣辱将仍然与你们息息相关，你们在社会上的作为，也将成为社会评价武汉大学的重要参考因素。同学们作为学校的重要成员，在学校学习期间，积极支持学校的教学改革，为学校教育质量的提高发挥了作用，同时，还通过各种途径参与学校管理，为学校的发展建言献策，给我们留下了深刻的印象，借此机会，我要代表学校向同学们表示由衷的感谢！希望同学们一如既往地关心学校，爱护学校，支持学校，在新的岗位上努力学习，努力工作，努力实践“三个代表”重要思想，做一个对社会有贡献的人。我衷心希望，在武汉大学求学的经历能够成就你们的未来，同时我也希望，你们能够成就武汉大学的未来。请同学们常回母校走一走，看一看，事业有成时，不要忘了向母校报喜；遇到困难和挫折时，母校的老师和同学将是你们最坚强的后盾！

同学们，祝你们前途无量，旅途平安！谢谢！

刘经南 校长

刘经南，汉族，湖南长沙人，1943 年 7 月生，研究生学历，工学硕士。1967 年 7 月参加工作，1994 年 3 月加入中国共产党。大地测量学家，中国工程院院士，教授、博士生导师。2003 年 7 月至 2008 年 11 月任武汉大学校长。2012 年 9 月至 2018 年 8 月任昆山杜克大学校长。

担当有为

和而不同，在自由包容的武大共同进步

——在武汉大学2003级新生开学典礼上的讲话

刘经南

（2003.9.12）

各位同学、各位老师：

大家好！

在珞珈山丹桂飘香的季节，我们迎来了13148名新主人。今年我校录取的新生生源素质非常好，从成绩上来讲，本科新生中高分学生很多。我校在大多数省份录取最低分超过当地录取控制分数线30分，不少省份超过了50分以上，最高的超过80分。以第一志愿报考我校攻读硕士、博士学位的人数有2万余人，在全国排第三位。硕士、博士入学人数全国第一。另外，今年新生中党员人数多，所占比例很高（本科新生中，有72个党员，研究生新生中，有2313个党员，硕士研究生党员占新生比例达30.2%，博士研究生党员占新生比例达58.3%）。参加今天开学典礼的是同龄人中的佼佼者，借此机会，我首先代表学校9万名师生员工向2003级的同学们表示欢迎，同时，向同学们表示祝贺，祝贺大家赢得了新的学习和发展机会。

这是同学们人生中的一个新起点，新阶段。大家对学校的基本情况非常关心，期望也很高，借此机会，我想根据自己的体会，从三个方面来描述武汉大学的特点和发展状况。

第一，武汉大学是一所自然环境优美、人文底蕴深厚、社会影响深远的百年名校。武汉大学是近代中国高等教育发展的缩影，20 世纪 30 年代，著名学者胡适说："你如果要看中国怎样进步，去武昌珞珈山看一看武汉大学便知道了。"从张之洞创办湖北自强学堂算起，武汉大学到今年已有 110 年的历史了。在武汉大学的办学过程中，有一大批著名学者曾经在学校任教，如辜鸿铭、竺可桢、李四光、闻一多、郁达夫等，也有一大批老一辈无产阶级革命家曾在武汉大学从事过革命活动，如周恩来、董必武、陈潭秋、邓颖超、罗荣桓、郭沫若、李汉俊、伍修权、郭述申等，中国共产党"一大"代表中，有 5 人与武汉大学有密切联系，其中著名哲学家李达教授担任校长长达 14 年。在长期的办学过程中，学校为国家和社会培养出大批杰出人才，如张效祥、欧阳予、董辅礽等。据不完全统计，我校校友中有近 70 人当选为两院院士，而中华人民共和国成立后武大培养的发明家之多，居全国高校前十名之列，也有一批中青年学者，近年来成为国内外知名专家，其中一些人，在国际著名学府任教，成为世界某一领域的杰出学者。

第二，武汉大学是一所办学实力雄厚、办学经验丰富、办学特色突出、办学理念先进的国家重点大学。在长期的办学过程中，学校积累了丰富的办学资源、办学经验和非常厚实的人文底蕴，形成了一些优良的传统。学校学科门类非常齐全，学科优势和办学特色也很明显，有 50 个学科领域处于国内先进水平，不少学科领域处于世界前沿。国家级重点学科数排在全国高校第 7 位，国家级科研基地数也在全国高校中位于前列，博士点数在全国高校中排第二位。武汉大学的师资力量相当雄厚，不仅有大量的著名的甚至在国际上都有影响的资深学者、专家，还有一大批崭露头角的中青年学者，他们是武汉大学办学实力的象征，也是武汉大学的骄傲。今天，我们请来了部分资深学者……让我们用热烈的掌声向他们致以崇高的敬意。

学校的办学资源非常丰富，图书资料品种多、藏书量大，建立了非常先进、方便的图书查询系统。目前，学校馆藏书籍有 520 万册，有 100 多个网络数据库，为大家的学习提供了方便，同时也为教学、科研提供了有力的文献保障。这在全国高校中都是为数不多的。学校基础课实验室的建设也处于全国领先水平。现在学校处在快速发展中，有些条件还不是很完善，学校正在努力想办法改善软硬环境，满足大家的期望，尽力为大家提供优质的教育资源，让大家有更多的机会参与学校的教学、科研和社会服务，参与学校的建设和管理。

学校有很多很好的教育传统，如重视培养复合型人才，重视提高学生综合素质，重视创新教育就是武汉大学的一大特色。教育部批准 8 所高校为教育创新基地，我校就是其中的一所。近年来，学校在人才培养方面提出“三创”教育理念，就是创造、创新、创业教育，基本思路是要从以知识传承为中心，向创造创新创业能力提高这样一个中心转变。这一思路得到教育部和社会的认可，也成为武汉大学人才培养的基本思路和特色。我们已在践行“三创”教育理念方面，进行了一些卓有成效的探索。学校将在教学方面大力推行通识教育，要形成一个专业教育与通识教育相结合的良好的育人环境。国外的一些名牌大学，特别是像牛津、剑桥、斯坦福、哈佛、耶鲁、普林斯顿等，这些大学都非常强调通识教育，从现代教育发展观念来看，也只有通识教育才能培养出适应社会竞争的学生。从 1980 年代起，武汉大学就出台有一些通识教育的措施，以培养学生的能力和素质。学校的目标是拓宽专业口径，在近期内我们希望能实现 1/5 的学生拿双学位，开展主辅修学习，学校鼓励大家拿双学位。以后我们将在假期开设一些暑期班，为攻读双学位的学生提供方便。

第三，武汉大学是一所志向高远、力求创新、追求卓越的大学。早在1928年武汉大学创建之初，一批社会贤达就强调，武汉市九省通衢，地处中原，连接东西，为华中重镇，应该建一所一流的综合性的万人大学。在武汉大学是国立大学还是省属大学的问题上，曾经有一些不同意见，当时的大学院院长蔡元培先生明确提出，武汉大学不建则已，要建就建成国立大学。按照这样的指导思想，武汉大学经过20年的建设，成为拥有文法理工农医六大学院并在国际上具有较大影响的综合性大学，办学水平得到世界著名大学的认可。现在，武汉大学已与世界各地200多所大学和科研机构建立了合作交流关系。把武汉大学建设成世界一流学校是几代武大人的夙愿，也是我们坚持不懈为之努力的发展目标。学校提出，要利用5年左右的时间，把武大建设成为我国中西部最好的大学，到2010年左右，成为国内外知名的高水平大学（这也是教育部给学校的定位），到21世纪中叶，争取成为世界一流大学。

我在今年7月份就任武汉大学校长时，曾借用孔子“君子和而不同”这句话中的“和而不同”四个字来概括武大文化精神的特点。“和”，就是人和，也就是和睦、和谐、和美、和为贵，它体现了中华文化包容的精髓。“不同”，就是标新立异，就是求是、求真、求发展，它体现了学术自由的文化氛围，务实、拓新的学术精神和自强、弘毅的道德风貌。

未来的几年，是武汉大学发展的关键时期，也是同学们人生中非常关键的几年。我愿借此机会，讲16个字与大家共勉。

一是珍惜青春。我知道，同学们能坐在这里，非常不容易，不少家庭非常困难，但举全力支持你们学习。拥有这样一个学习机会，要懂得珍惜。首先要端正学习态度，无论是刚从中学来的本科新生，还是刚考上硕士、博士的研究生，思想上决不要松懈，学习要继续抓紧。对大家来讲，现在是一个新的起点，要有新的目标，对自己的学习要有计划，有具体目标。只有学习目标明确具体了，才有强大的学习动力。研究和实践表明，人的智力发展的高峰期和最佳学习能力的年龄为20~24岁，正好处在大学阶段。同学们要把握发展机遇，珍惜青春，学好知识和本领。

二是忠诚勤奋。"忠"，就是忠于祖国，忠于人民，忠于事业，大家要时刻牢记：我们是为振兴中华而学，为实现父老乡亲期望而学，是为成就一番事业而学。"诚"，是诚信、诚恳、诚实。诚信是安身立命、为人处世之本。诚恳是接人待物、交朋结友之魂。诚实是道德涵养、成就人生之基，而勤奋就是我们的成才之路。

三是与时俱进。现代信息社会，发展迅速，竞争激烈，并非智者就能生存，能者就能生存，而是只有适者才能生存。适者就是适应环境变化，与时俱进。对同学们来讲，与时俱进就是要根据社会需求，调整自己的学习计划和目标。大学是个相对宽松自由的地方，个人有较多的自由支配时间。这种宽松自由，对立志成才的同学来讲，提供了自主学习、施展才能的机会。我们可以按照自己的兴趣和需要学习不同门类的知识，丰富自己的知识面，完善自己的知识结构。大家可以充分利用学校图书馆，可以参加各种有益的学术活动、社会活动，增长见识和才干。特别是本科新生，一定要树立起一个刻苦勤奋踏实的优良学风。大家要有前沿意识、前瞻意识，要学会在导师的指导下，了解国际上目前最热门的研究方向、最热点的问题，掌握最新知识，要有从事原始创新研究的志气和勇气。这就要求大家首先要掌握学习方法，掌握信息交流技术和手段，要知道怎么学和学什么，知道筛选知识和信息，要有较好的外语尤其是英语交流的能力。国际化是学校的一个办学方向，我们要求老师和学生都具有国际意识，学校将与大家共同努力，把你们培养成具有国际视野和国际竞争能力的人才。

四是求是拓新。求是拓新是武大精神的核心内容。现代的人才必须是创新型人才。有没有创新思维，能不能开展创新活动，是在当今世界范围内经济和科技竞争中能否取胜的决定性因素。很多研究和事实表明，青年时期是人的一生中创造力发展最活跃的时期，也是创造力水平最高的时期。有许多新思想、新理论、新创造，都出自年轻人。年轻人是国家的希望。大家要敢为人先，敢做中流砥柱。希望你们勤动脑、多动手，大胆实践，在大学学习期间，就能有所发现，有所发明，有所创造。

最后，衷心祝愿同学们健康快乐，学业有成！祝愿武汉大学的事业蒸蒸日上！

谢谢大家。

生命不止，奋斗不止

——在武汉大学2004届毕业生毕业典礼上的讲话

刘经南

（2004.6.25）

老师们、同学们、朋友们：

今天，是2004届毕业生的毕业典礼，我代表学校党政领导和全体师生员工向圆满完成学业的全体同学表示热烈的祝贺，向来校参加毕业典礼的家长代表和新闻界朋友表示热烈欢迎！

今年我校共有12761位同学毕业，其中，有研究生4161人，本科生8600人。多数同学是走向社会就业，部分同学继续攻读更高的学位或出国深造。截至目前，本科毕业生的就业总落实率为88%，研究生的就业总落实率为95.2%。经过几年的大学学习和锤炼，同学们都有了很大的进步，不仅积累了大量的基础知识、专业知识，各方面的能力也得到锻炼和提高，不少同学还在各种学习、科技、文娱、体育等竞赛中取得了骄人的成绩，获得了各种荣誉，也为武汉大学争得了荣誉。我们为同学们的成长而高兴，为同学们的进步而自豪。特别值得一提的是，今年还有68名同学志愿到西部工作，满腔热情地投入到祖国的边疆建设和西部大开发中，他们的这种奉献精神和创业精神非常值得我们学习，让我们对他们表示衷心的祝贺!

同学们即将开始新的更加壮丽的人生旅程，未来是一系列挑战和机遇，我们的责任就是迎接这些挑战，把握住各种机遇。在同学们临别之际，作为老师和校长，我想说几点人生体会，与大家共勉：

一是要生命不止，自强不息。自强不息是中华民族精神的灵魂，是我们做人做事之根本。自强者把国家的强大昌盛视为肩负的使命，自强者敢于迎接复杂的挑战，自强者把人民的疾苦安危当做生的责任，自强者在强手面前自信，在对手面前自若，自强者在屈辱面前自重，自强者在腐蚀面前自律自尊。因此，国家希望你们自强，社会期待你们奋斗。只有自强，你们才能成为中国未来的规划者和缔造者。同学们，我衷心祝愿你们踏上工作岗位后能自强不息，大展宏图，开创一片新的事业。

二是要激情满怀，弘毅弥坚。同学们大学四年，硕士七年，博士十年，你们在书山中攀登，你们在学海中遨游，知识正在转化成才能，才能开始凝结成智慧，现在，在你们走向新的岗位之时，我不担心你们知识不够，但我担心你们激情缺乏；我不担心你们智慧不足，但我担心你们毅力不坚。人的一生中，都将既有事业的高峰，又有命运的低谷；既有成功的喜悦，又有失败的伤悲。但任何时候，都不应缺少激情。激情来自崇高的理想，激情来自对国家、社会、家庭的责任心。激情使青春充满活力，使活力保持青春。激情推动才能的增长，激情确保毅力的长存。这样，你们才能面对挫折，百折不挠；面对困难，坚韧不拔；面对工作，锲而不舍；面对追求，持之以恒。

三是要勇于探索，务实求真。同学们，人生道路，修远漫长，探索求真，该是永恒的追求和理想。探索需要勇气、勇敢，求真必须务实、诚心。刚刚踏入社会参加工作之时，你们要少一些傲气和浮躁，多一份踏实和虚心，不怕从最低层做起，不辞在困难中修身。好高骛远得到的是空中楼阁，脚踏实地才会有成功之日。

四是要与时俱进，开拓创新。同学们，我们的时代是伟大的时代，既是电子信息时代，又是太空探索时代；既是生命科学时代，又是自然、环境、经济、社会协调发展时代，是我国人民全面建设小康的时代。你们在新岗位上要与时俱进，跟上时代的发展，要开拓创新，引领时代的发展。创新应该成为你们自觉的意识，成为你们自立的精神，成为你们自身的能力，成为你们智慧的源泉，成为你们报效祖国、服务社会、回报生你养你的父老乡亲的不歇财富。

同学们，目标有时候很简单，却需要足够的信心与毅力去追求；成功有时候很遥远，却与目标咫尺之隔。生活中的成绩不是我们的目的地，而是一段旅程。我衷心希望，你们在武汉大学求学的经历会极大地帮助你们成就未来，也希望你们一如既往地关心武汉大学的建设与发展，在各自的岗位上继续发挥自己的聪明才智，用你们的努力获得社会的认同，用你们取得的优异成绩，去创造一片辉煌天地。愿命运的风风雨雨使你们的一生充满欢乐和希望。

同学们，祝你们前途无量，旅途平安！谢谢大家。

学会生存，学会学习，学会关爱

——在武汉大学2004级新生开学典礼上的讲话

刘经南

（2004. 9. 12）

各位同学、各位老师：

大家早上好！今天，我们在美丽的东湖之滨、珞珈山下欢聚一堂，隆重举行武汉大学2004级新生开学典礼。我代表学校9万多名师生员工向来自全国31个省市和全世界51个国家的13960名新同学表示最热烈的欢迎和最衷心的祝贺！欢迎你们成为武汉大学的莘莘学子和新主人，祝贺你们踏上了人生求索的新的历程。今天，在欢迎你们的队伍中，我们有幸请到了以李德仁院士为首的资深学者和专家来参加我们的开学典礼，让我们用最热烈的掌声对他们表示崇高的敬意和最诚挚的感谢！

到武汉大学来求学深造，是你们梦寐以求的愿望。这里不仅有沉浸在湖光山色之中的美丽校园，也有融贯中西、风格独特的教室楼群，更有积淀111年发展历程的厚重文化，还有一批德高望重、才智横溢的中西学者、名家。你们将有机会领略政治家的博大胸怀，小说家的风采，也有机会聆听到诺贝尔奖获得者的精彩讲座和知名哲学家的深邃思想。总之，同学们经常可以享受文化大餐和知识大餐。在这里，你们不仅要接受人类各种精神文明的熏陶，还要进入现代科学技术的殿堂。在这里，你们可用世界精确的电子显微镜观测原子分子的美妙排列，也可在先进的基因室里去修正生物基因的缺陷。你们既可用激光雷达探测宇宙深空的奥秘，还可用多种分辨率的卫星遥感照片分析家乡水源水质的变化。你们既可以在图书馆的书海里探索人生的哲理，也可以观测红外摄影仪下的远古文物，追索消失的文明。你们在仿真实验室里感受市场经济的脉动，还可在模拟法庭上展示法官的正义庄严。一句话，可以说，武汉大学是你们培养理想的摇篮，更是你们实现腾飞的圣地。因为这里不仅积累了丰富的办学经验和优质教育资源，历来还是各种学派、各种思想的聚集地，大师级学者和崭露头角的中青年学者、科学家云集的地方，他们的杰出贡献成就了武大辉煌的过去，也创造了武大今日的风流，昭示着武大充满生机的未来。在珞珈山这块土地上，不仅留下了一大批像辜鸿铭、竺可桢、李四光、闻一多、郁达夫、朱光潜、李达等大师级学者的身影，也留下了周恩来、董必武、陈潭秋、邓颖超、罗荣桓、郭沫若、李汉俊、伍修权、郭述申等老一辈无产阶级革命家活动的足迹；今天的珞珈山有16名两院院士和一大批国内外著名的人文社会科学资深教授在这里辛勤地耕耘，还有数十名两院院士和诺贝尔奖获得者、国际知名学者、外国元首等担任博士生导师、兼职教授或客座教授、名誉教授。武大不仅在三峡工程、南水北调等国家重点工程建设，在南北极科学考察，在一些重大科技攻关项目研究中作出了突出贡献，在国家现代化建设的进程中发挥了思想库和智囊团作用，产生了巨大的社会经济效益，还为国家培养了近30万名各类高级专门人才和一大批杰出人才。武大毕业生和校友有近80人成为两院院士（学部委员）。据报载，中华人民共和国成立后武汉大学培养的发明家人数在全国高校排前十名。近年来，一大批中青年学者成为国内外知名专家，其中一些人在国际著名学府任教，成为世界某一领域的杰出学者。目前武汉大学有 50 多个学科领域处于国内先进水平，不少学科领域处于世界前沿。

同学们，大学是人生中的重要阶段，是学习知识、增长才干的黄金时光。你们是 21 世纪国家建设的中坚力量，中国要在 21 世纪的全球竞争中处于优势地位，希望寄托在你们身上。经济全球化的格局要求大学生成为具有国际竞争优势的品德、才智、能力兼备的优秀人才，要能够走出国门，参与国际竞争，包括工作岗位的竞争，工作能力的竞争，工作业绩的竞争。面临如此激烈的竞争，新世纪的大学生应该如何应对呢？今天，我想用联合国教科文组织关于教育如何面对 21 世纪挑战的“三个学习”来勉励大家：

首先要学会生存。达尔文进化论告诉我们，万千世界，变幻莫测，不是强者能生存，也不是智者能生存，而是适者生存。今天大家从中学进入大学，离开家乡父老，融入学校大家庭，要迅速调整心态，适应这种环境变化。同时，你们大多数正在实现从青少年向成年人的转化，你们也要适应这一人生身体和心理状态的变化，让自己的体魄更加健壮，心理更加成熟。我也知道，很多同学家庭十分困难，经济的拮据，心理的负担，很难让你们适应大学的学习生活。请你们放心，学校会关心你们，党和政府会关心你们。银行的助学贷款会解决你们的经济困难。但是，你们只有学会生存、适应变化、健全心理才能应对大学生活的严峻挑战。总之，志存高远、不断进取是学会生存的精神动力，自强弘毅、百折不挠是学会生存的法宝。历代武大人积累了宝贵的精神财富，那就是自强、弘毅、求是、拓新，与时俱进是学会生存的坚强武器。同样，学校也存在一些暂时的困难，有些同学看到寝室条件不好，心理落差很大，情绪不佳。我可以肯定地告诉你们，这一情况不会持续太久了。

二是要学会学习。学习是提高生存能力的关键。我认为，动物是本能的学习，而人类是自主的学习，因此自主的学习，就是学会学习。孔子云“学而时习之，不亦乐乎”，“学”，就是获取知识，掌握知识；“习”，就是应用知识，“时习”是经常要应用知识。为何要时习呢？就是要去应对生存环境的各种变化。时习就会产生新的知识，创造知识，创造知识是人类适应环境变化的最高本领和能力，获得这种能力不是人生最快乐的事情吗？因此，学习知识，应用知识，创造知识，造就人生，这就是主动学习的快乐、幸福，这就是学会学习的良性循环。大学学习，唯有自主才能自由，唯有自由，才能创造，唯有创造，才有快乐。学校为同学们自主学习提供了良好的环境，你们可以选择专业，你们可以申请双学位，你们可以主辅修……你们要主动争取，参加老师的科研，学会应用和创造知识，你们要主动争取参加社会实践，以学会积累和探索知识，你们要尽量争取参加国际交流的机会，以具备国际化的视野和经历，只有主动学习，你们就既是适者，又是强者和智者。

三是要学会关爱。没有爱，就没有生命，没有生命，没有关爱，就没有人类社会，所以，我们不仅要关爱自己，还要关爱父母，关爱父老乡亲，关爱同学老师，关爱树木花草，关爱动物生灵，关爱祖国发展，关爱人类发展，关爱地球生态和生存。大家在这个大家庭里学会关爱，我们将充满自信，因为我们的心理得到了亲人、社会的慰藉和温暖。学会关爱，我们将更加自强，因为我们吸取了无尽的智慧和力量。学会关爱，我们将懂得自律。因为道德约束和行为规范是对亲人、社会的最好回报。学会关爱，我们将更加自如，因为同学、朋友、亲人、社会之间将更加和谐和美。有了自强、自信、自律、自如，我们就能把自己锤炼成一个全面发展的人，一个能应对21世纪全面挑战和竞争的人，一个有利于同学、社会和人民的人。

同学们，历代武大人积累了宝贵的精神财富，那就是自强、弘毅、求是、拓新。这是武大校训，也是武大精神的凝结。这种精神曾经激励一代又一代的武大人，以民族振兴、社会进步为己任，培育人才，弘扬学术，报效国家，舍己奉献。今天，我希望同学们继续弘扬这种精神，珍惜宝贵时光，抓紧学习，努力成才，报效祖国，报效人民。

衷心祝愿同学们健康快乐，学业有成！谢谢。

自主创新，全面发展

——在武汉大学2005级新生开学典礼上的讲话

刘经南

（2005.9.10）

各位来宾、老师们、同学们：

大家早上好！

2005年是新同学们值得纪念和庆祝的一年，也是我们乃至世界人们值得纪念和庆祝的一年。600年前，中国的航海家郑和率领2万余人开始了七次远征西洋的伟大壮举，展示了当时作为世界强国的中国的灿烂文化和科技水平，开辟了人类探索海洋的新纪元；100年前，爱因斯坦发表了狭义相对论，揭示了物质运动与时空依存关系的奥秘，开辟了人类探索微观世界和宏观宇宙的新纪元；60年前，世界人民取得了反法西斯战争的胜利，积贫积弱的中国彻底战胜了日本帝国主义，开辟了中华民族伟大复兴的新纪元。如今，在中国正在和平崛起的伟大时代，来自大江南北包括港澳台地区和世界各地的14194名优秀的精英学子走进了武大校园，你们通过顽强的拼搏脱颖而出，今天终于带着父母的叮咛，怀着乡亲们的期望，揣着中学老师的鼓励，开始了向往已久的大学生活，翻开了你们人生中崭新而壮丽的一页！今天，作为你们的学长，我非常羡慕你们，并为你们感到由衷的高兴！作为校长，在今天这个庄严的典礼上，我代表学校全体师生员工，热烈欢迎你们加入武汉大学这个大家庭！祝贺你们成为珞珈山的新主人，你们的到来将给美丽的珞珈山增添新的生机与活力！

从今天开始，大家都是武大的一分子了。“武大人”的称号不仅仅代表着光荣和成就感，也意味着责任与使命。所以，今天我既要对你们能够在激烈的竞争中脱颖而出表示祝贺，还要引导大家循着武大的精神血脉，与你们一起探究大学生涯的航向和人生的坐标。

同学们初来乍到，可能首先感觉到的是武大校园的美丽。的确，武大被誉为“世界上最美丽的大学校园之一”，执山之雄浑，据湖之清秀，山水氤氲，胜景鲜匹。1963 年，时任国家副主席的董必武同志就写下了“珞珈之山，东湖之水，山高水长，流风甚美”的佳句盛赞武大之美。不仅如此，由著名科学家竺可桢担任筹备委员会主任，著名地质学家李四光亲自选址、规划，美国麻省理工学院赫赫有名的建筑学家凯尔斯设计的老斋舍、老图书馆、文学院、理学院、工学院等一批近代早期建筑群与山水相呼应，气势宏伟，堪称中西合璧的典范。倘若漫步校园，细细品味，定能感觉她的深邃、博大和勃勃向上的生命力。近年来，学校加大了校园环境硬件建设和公共服务体系建设力度，以文科区标志性建筑群为代表的又一批教学和学生宿舍楼拔地而起，武大校园变得更加美丽，同学们的学习、生活条件进一步得到改善。

当然，武大之美的真谛，是内在于其中的厚重文化和崇高精神。武大诞生于民族危亡、内忧外患的危难之秋，自张之洞创办自强学堂以来，在她 112 年的历史长卷中写满了武大人为民族独立、社会进步和国家富强所作的不懈求索和拼搏。在中国革命史上，几乎每一次的爱国运动都有武大师生响亮的声音，如率先响应五四运动，率先成立抗日救国会，率先投身反内战，率先发出援朝通电等。

改革开放后，武大人充分表现出“敢为天下先”的首创精神，使武大成为推进改革开放和社会主义现代化建设的理论发源地。20 世纪 70 年代，化学家查全性院士振臂一呼，首先倡议恢复高考制度；哲学家陶德麟秉笔直书，参与批驳两个“凡是”；经济学家辜胜阻六赴人民大会堂，纵论经济方略。在科技报国方面，武大师生在“两弹一星”、国防通信、核武试验等尖端、前沿科技领域做出了突出贡献，如今又在三峡工程、南水北调、南北极科学考察、SARS 攻关、艾滋病防治等国家重大、重点项目建设和科技攻关上屡建奇功。一百多年来，这一代代的仁人志士和鸿儒大师们为武大积蓄了宝贵的精神财富，形成了武大独特的精神内涵。这种精神，我个人理解为：和而不同的人文与科学精神、务实创新的学术精神，以及自强弘毅的道德风貌，用八个字概括就是我们的校训：“自强、弘毅、求是、拓新。”

“武大精神”是所有武大人的宝贵财富，也是我们这所大学永葆生机与活力的源泉。同学们刚刚踏入大学校门，该如何传承这种“武大精神”？如何把握好并不太长的几年大学时光，使自己在学业上有一番成就呢？今天，我向同学们提出三个命题，请大家认真思考、领会。

第一，深刻领会武大的办学目标，树立崇高的责任感和使命感。武汉大学的办学目标是要建设世界一流大学，她的使命就是为国家建设和人类发展培养具有国际视野、高素质、强能力的各行各业的领导者、科学家、社会活动家和高级专门人才。也许有的人会认为：这样的目标是不是太高了一点，脱离了普通民众？我认为，这样的目标恰如其分，而这正是人民群众的期望。大家知道，我们国家在 2020 年要成为全面进入小康社会的社会主义国家，在 21 世纪中叶要实现现代化。十几亿人一举进入现代化，这在人类历史上是前所未有的一件大事。要完成这样的壮举极需一批杰出的人才。武汉大学是中国最高水平的高等学府之一，我们不挑这样的担子谁来挑？而在座的各位同学也正是一流人才的后备人选！要完成这一使命，光靠学校的努力是不够的，需要同学们和我们的教师携起手来，一起去完成。从今天开始，你们要有“天将降大任于斯人也”的责任感和使命感，要有成为未来领导者、科学家、社会活动家和高级专门人才的一种信念和目标。这是你们应当肩负起的历史责任和光荣使命！你们应当每时每刻在头脑中思考这个问题，应该让这种理想和信念指导着你们度过大学时光，度过你们今后的一生，成为你们强大的精神动力，激发你们去勤奋学习、努力工作、不断创新。

第二，深刻领会武大的教学理念，学会自主、创造性地学习。武大历来就有开放自主、鼓励创新的学术传统。改革开放之初，武大在全国就率先实行学分制、主辅修制、双学位制等一系列重大改革。近年来，学校大力倡导通识教育与专业教育、人文素质教育与科学精神教育相结合的教育理念，在全国高校率先实行按大类招生，积极推行跨学科试验班、创新学分制和双语教学，积极开办学生国际交流培养项目。在座的各位同学都是中学阶段学习的佼佼者，但是我今天要跟各位讲，大学的学习与中学的学习有很大不同，研究型大学的学习与一般性大学的学习又有很大不同，你们必须完成从被动式学习向另一种学习方法的转变。比如说，你们在中学阶段是青少年式的学习，而到了大学阶段，你们大都在十八岁以上，你们要进行的是成人式的学习。成人式的学习意味着你们要有很强的主动性，你们要有很强的控制能力。再比如说你们在中学的学习主要是课堂教学，而在大学的学习，老师不会不分巨细地什么都讲。老师讲的是核心部分，但你们要应用的是更大的部分，你们必须真正做到举一反三。课堂是一个重要的学习场所，但不是大学唯一的学习场所，其他比如实验室、各种研究课题、各种竞赛、各种校内外活动同样非常重要。我们不但要了解中国的文化，而且要有世界眼光，了解全世界各种各样的不同文化，这样才能造就我们的国际视野和创新能力。你们还要注重培养对专业热爱和对学习的兴趣。武大有宽松的学习环境，学校将尽可能让大家选择感兴趣的专业和课程。

第三，深刻领会武大的人才素质要求，努力做全面发展的人。学问与修养并重是我校的一贯传统。武大的周鲠生老校长曾经说过：“一个真有用的人，不但须具有完备的学问知识，而且在道德品性上，应有充分的修养。”希望同学们牢记周鲠生老校长的这句话，不但做一个有学问的人，更要做一个懂得关爱、身心和谐、全面发展的人。因此，同学们不仅要注重知识养料的汲取，而且要重视锤炼自己的品格，不断加强自身修养，树立正确的世界观、人生观、价值观，做一个“高尚的人，纯粹的人，有道德的人，脱离了低级趣味的人，有益于人民的人”。要充分利用武大学科齐全、人文气息浓厚、校园文化丰富多彩的优势，善于吸收人类社会的一切优秀文明成果丰富自己、提高自己。同学们不仅要谦虚谨慎，学会求知，更要戒骄戒躁，学会做人，学会做事。

今天也正值第 21 个教师节。作为一名教师，我为教师这一神圣的职业感到自豪；作为校长，我要感谢我们的教师，是你们的默默奉献共同铸就了武大卓著的办学声望和辉煌的办学成就。同时，借此机会，我还要特别感谢辛勤工作在基础教育战线、积极支持广大优秀学子报考武大的中学校长和老师们，是你们为武大输送了一批又一批优质的生源，祝福你们节日愉快，健康吉祥！

最后，衷心祝愿同学们健康快乐，学业有成！谢谢。

同学来日之责任甚大

——在武汉大学2006届毕业生毕业典礼上的讲话

刘经南

（2006. 6. 26）

老师们、同学们、朋友们：

今天，武汉大学2006届毕业生毕业典礼如期在这里隆重举行。毕业典礼的举行既是为了纪念你们在武汉大学难忘的青春时光，又预示着你们人生旅途中的一个新的重要时刻的到来。在此，我代表学校党委、行政和全体师生员工向圆满完成学业的全体同学表示热烈的祝贺，向来校参加毕业典礼的家长代表和新闻界朋友表示热烈欢迎！同时也借此机会向养育你们成长的父母，向培育你们成才的老师表示崇高的敬意！

今年我校共有15799位同学毕业，其中，有研究生8693人，本科生7106人。截至目前，本科毕业生的就业总落实率为87. 3%，研究生的就业总落实率为82. 7%。在高校毕业生就业形势比较严峻和我校有两届硕士毕业的今年，我校毕业生就业率虽稍落后于去年同期，但仍保持全国前列，这是全校毕业生和学校共同努力的结果，是学校坚持“创造、创新、创业”教育理念，坚持通识教育与专业教育相结合，特别在近几年来注重加大实践能力培养，使武汉大学学生更加具有竞争力更加受欢迎的结果，今年全球五百强企业中有100余家来我校争要毕业生就是一个例证。哲学学院2006届本科毕业生郑关飞同学自主创业开办畅畅书店，从2005年的3000元起家到目前年营业额达10多万元，他的这种创业精神不仅鼓舞了武大学子，而且鼓舞了许多武汉高校学生，许多报刊为他作了专题报道。特别值得一提的是，今年又有许多同学志愿到西部工作、到基层工作，满腔热情地投入到祖国的边疆建设和西部大开发中，他们的这种奉献精神和创业精神非常值得提倡，让我们对他们表示衷心的祝贺并致以崇高的敬意！

同学们，你们来到珞珈山，来到武汉大学，勤学苦读，锐意进取，在学习、工作、生活等方面都取得了长足进步，也为武汉大学的建设与发展做出了贡献。我们为你们的成长而高兴，为你们的进步而自豪。今天你们意气风发奔赴全国各地，临走之际，作为校长、老师、你们的长辈，我借用我的前辈，国立武昌高等师范学校代理校长黄际遇的一句话赠予你们："同学来日之责任甚大。"同时我给同学们提出三点希望。

一、你们要爱国忧民，回报社会

武汉大学百余年的发展历史无不与国家和民族的命运休戚相关，从这所大学走出去的你们，应是国家和民族的精英与栋梁，你们应该将自己的每一步发展与国家和民族的命运紧密相连，当仁不让地承担起历史赋予你们的国家责任和民族责任。你们应该有着"先天下之忧而忧，后天下之乐而乐"的宽广胸怀，有着"苟利国家生死以，岂因祸福避趋之"的爱国情操。历史已经将振兴国家、民族的重任交付给了你们，你们要勇敢担负并且不可有一日一时之忘怀，希望将来你们为国家所做出的努力和贡献，与武大精神相互激荡，用实际行动对肩负国家使命做出最好诠释。在这样一个波澜壮阔的时代，社会也给予了你们无尽的挑战和机遇，社会主义新农村建设、西部大开发、中部崛起等重大战略举措，为你们提供了广阔的舞台，你们生逢其时，你们要时刻准备着，紧紧抓住机遇，承担起社会责任，用你们的所学、用你们的热情回报社会。

二、你们要自主创新，追求卓越

自主创新是国家独立发展的动力，是支撑民族强盛的筋骨，是国家竞争力的核心。建设创新型国家，需要大家共同努力，你们更是责无旁贷。创新需要非凡胆识，创新最忌随波逐流，创新需要的是自我思想与意识的超越。创新需要团队合作，创新只有融入团队，依靠团队的力量，才能激发出巨大的力量。创新需要能力与毅力，你们只有既专于一业而又博于百家，才有具备创新的可能，你们只有兼收并蓄，海纳百川，才会时常闪现创新的火花。创新的成功从来不是一蹴而就的，你们要有忍受失败的定力，坚韧不拔、勇往直前的毅力，而把你们的事业做得更好，做得更尖，做成 NO. 1 的追求卓越的精神将给予你们无穷的动力。我衷心地祝福你们追求卓越的决心永不改变，追求创新的步伐永不停止。

三、你们要身心和谐，成就人生

古往今来，中华文明都十分注重社会和谐，追求天人合一、人际和谐、身心和谐。对于你们自身而言，保持身心和谐是你们为人处世、安身立命的基础。身心和谐需要强健的体魄和善良的心灵。在走出校园后，你们要时刻保持一颗“青春之心”，利用一切可能的机会，锻炼体魄，锻炼心志；养成良好的生活习惯，远离一切不良习气。身心和谐需要有热爱自然与人文的心灵。自然有着宽广的胸怀，她是陶冶人类性情、安抚人类心灵的母亲。人文有着深邃的学问，她流淌着人类的文明与进步。学校优美的自然与人文环境熏陶了你们，走入社会的你们，也要为保持和营造身边优美的自然与人文环境做出自己的努力。身心和谐需要良好的道德操守。同学们要保持和发扬勤俭节约、尊老爱幼、团结友爱、诚实守信的中华民族传统美德，本着关爱他人，服务社会的精神，建立起良好的人际关系。

同学们，人生的道路，需要走好每一步，无论你们处在人生的哪一个阶段，当你们发出保尔·柯察金式的追问，回首往事的时候，我真诚地希望你们既能为自己没有碌碌无为而自豪，又能为自己身心和谐而感到欣慰，人生的成就莫过于此。

珞珈翠荫，东湖碧波，落樱纷纷，丹桂飘香，这一别，不知是三年，还是五载，希望你们一如既往地关心武汉大学的建设与发展，武汉大学作为你们的母校，也永远会像母亲一样支持你、思念你、欢迎你，母校不仅是你们人生旅途的驿站，也永远是你们坚强的后盾。珞珈山永远是你们的家，明年花开，欢迎你们再回来！

祝同学们前途无量，旅途平安！谢谢大家。

致珞珈山的新主人

——在武汉大学2006级新生开学典礼上的讲话

刘经南

（2006. 9. 10）

同学们：

今天，我们隆重举行2006级新生开学典礼，我谨代表学校全体师生员工，向来自祖国各地、世界各国的新同学们表示最热烈的欢迎！从今天起，你们将翻开人生灿烂的新篇章。参加今天这个庄重而热烈典礼的还有一些知名中学校长和家长代表，在这里我也要代表学校向你们表示衷心的感谢，感谢中学的老师们对同学们精心周到的培育，使你们成为武汉大学的莘莘学子，也感谢所有家长对同学们含辛茹苦的养育，使你们成长为珞珈山新的主人！今天我可以负责任地告诉你们的中学老师和你们的家长，在武汉大学这个大家庭里，你们将更加茁壮成长。

今天又是教师节，尊师重教是中华民族的优良传统，也是我们学校兴旺发达的精神支柱，让我们全体以最热烈的掌声向辛勤培育你们的所有老师表示最崇高的敬意和最热烈的祝贺！

同学们，武汉大学是一个学科齐全、规模很大的大学，今年共有包括来自港澳台的全国各地本科新生7700余人，博士生1500余人，硕士生4700余人，还有来自印度、越南、韩国和非洲、欧洲等地600余名留学生。到现在为止，98%的本科生、95%的研究生和1/4的留学生已经报到，1200多名经济困难的学生，已通过绿色通道，以先借后贷的方式，顺利地办好了入学手续。9月6日，中共中央政治局委员、湖北省委书记俞正声同志专门到我校看望经济困难的学生，和校领导一起，深入到绿色通道现场与学生及家长亲切交谈，体现了党和政府、学校对贫困学生的殷切关怀。我校实施以国家助学贷款为主渠道的“奖、贷、助、补、减”五位一体的联动助学工程，实现了“不让一名大学生因贫困而辍学”的工作目标。

同学们，武汉大学是一个充满爱心的大学。在武汉大学这个大家庭里，我们每一个同学、每一个老师都要特别关心、关爱家庭经济困难的同学，不仅要给予他们尽可能的经济援助，更要给予他们切实的心理关怀。武汉大学有这样的传统，现在更传播倡导这种新风。例如，直面贫困和苦难、乐观向上的“全省自强不息优秀大学生典型”、计算机学院2003级本科生黄来女同学，她背着身患癌症的父亲上大学，靠兼职做家教等维持学习并给父亲治病，学习成绩一直名列班级前茅，她的事迹正在感动着中国。她周围的老师、同学、班级和她一起分担困难、互相扶助、共同激励的行为也正在鼓舞着全校师生。这里特别值得一提的是，我校分析化学专业今年的硕士研究生侯艳丽同学，她是河南大学应届本科生考生，研究生考试结束不久，她被发现患有肿瘤，不得不做了截肢手术躺在医院里，但是她通过了武汉大学研究生入学考试的笔试。化学学院的领导和老师组成了特别复试小组，赶赴郑州，为她进行了专门的复试。今天她也入学了，令人欣慰的是，她已经恢复了健康并坚持自理训练和锻炼，生活已经能基本自理了。这种身残志坚、顽强拼搏的精神是全体新生和全校师生的榜样，我这里要代表全体校领导和老师们向侯艳丽同学表示亲切的问候，并祝她成为一个保尔·柯察金式的英雄。我也相信，在武汉大学这个家庭中，她会不断地得到温暖关爱。我们全体新同学，都要“学会关爱”，学会人人为我、我为人人的道理，为建设我们和谐、和美的武汉大学，建设和谐的中国，作出自己的贡献。

同学们，武汉大学是一所历史悠久、有着优良爱国主义和革命主义传统的学校。她的前身，1893 年湖广总督张之洞创办的“自强学堂”，就向世人宣告了“自强不息，复兴中华”的宗旨，辛亥革命后学校先后改名为武昌高师和国立中山大学。1928 年定名为国立武汉大学。虽几经易名，但“复兴中华”为己任的宗旨始终未变。正是这种历史的使命感和社会的责任感，使武汉大学涌现出一批又一批的爱国仁人和革命志士。他们为争取国家的独立、自由、富强筚路蓝缕，矢志不渝，历经磨难，生生不息。你们应该继承和发扬中华民族爱国主义传统，像你们的前辈和学长一样，树立远大的理想，心怀祖国的使命，牢记父老乡亲的重托，坚持在整个大学阶段，培养高尚的人格，培育健全的心智，成为国家、社会、民众和时代的精英与栋梁。要记住，成小事可以靠业务、本领，成大事必须靠责任感、价值观、毅力和协作能力。

同学们，武汉大学有着优秀的学术传承，而这一学术传承的灵魂就是“创新”。“三创”教育是武汉大学一直倡导和坚持的教育理念，即培养具有“创造”“创新”和“创业”精神全面发展的人才。武汉大学能够取得今天这样的办学成就和声誉，就是学校前辈们不断创造与创新的结果。从武汉大学走出了 70 多位学有所成、享誉海内外的院士，也有一批批校友成为世界一流大学的著名学者以及活跃在国内外各行各业的领军人物。如培养出杨利伟、费俊龙、聂海胜等宇航员的中国宇航员培训中心主任陈善广，就是我校 78 级数学与统计学院的校友。包括正在校读书的你们的学兄学姐中，也涌现了一批值得你们学习的“创新”典型，如城市设计学院本科学生郎紫骄、李欣、朱文君、杨义四位同学，他们的设计作品《飘浮在母亲河上的生命》，在2005年第22届国际建筑学生设计竞赛中获得唯一最高奖“联合国教科文组织大奖”和另一专项奖“FGA MIMARLIK & ALUPLAN BILGISAYAR PRIZE”，这也是我国建筑学专业创办80余年以来在该大赛中首次获得双项奖。又如“全国三好学生标兵”、中国南极科考勇士、测绘学院博士生张胜凯同学，在2004—2005年第21次南极考察中，挑战极限，测定了南极内陆冰盖（DOME-A）、海拔4000米以上地区最高点确切位置，填补了一项国际地学的空白。同学们，我衷心希望这种不断“创新”的学术传承，能够在你们这一代发扬光大。学校实行最能激发创新思维的通识教育和专业教育相结合的教育模式，你们可以根据自己的兴趣、爱好，自主选择通识课程组合，你们可以争取获得双学位，开展主辅修，使你们成为一个宽领域、厚基础、高素质、强能力的创新性复合型人才。学校也有一大批世界一流国内领先的实验室，有中国最好规模最大的图书文献资源库。它们随时都向你们开放成为锻造你们“创造”“创新”能力的舞台，学校也构建了由“珞珈文苑”“科海扬帆”“周末艺苑”等六大板块70余个项目的“校园文化活动超市”，这是你们陶冶情操、锻炼领导能力、提升“创意”水平的园区。此外，学校还结合大学生特点，建立了100多个多种形式的社会实践基地，每年组织130多支社会实践活动小分队深入城市社区、偏远农村、企业单位、部队等开展实践，锤炼同学们的社会实践能力，提高同学们的社会责任意识。我希望你们充分利用这些舞台，把握这些机遇，追求创新的步伐永不停止，真正成为建设创新型国家的精英。

千里之行，始于足下，加快适应大学学习生活，是你们成为创新人才的起点，而加快实现角色转换则是你们适应大学生活的起点，希望同学们牢记“自强、弘毅、求是、拓新”校训，能尽快尽早顺利地实现从中学生到大学生、从本科生到研究生的角色转换。

同学们，今年是学校发展史上又一个重要的年份，金秋十月，我们将迎来教育部对学校进行的本科教学工作水平评估，建设国内外知名高水平大学，打造世界一流的本科教育，夺取这次评估的全面胜利是全校师生员工的一致目标。我希望全体新生从军训开始就能展示你们的英姿，为这次全校评估做出你们的努力和贡献。

2300多年前，楚国伟大的爱国主义和浪漫主义诗人屈原曾吟出：路漫漫其修远兮，吾将上下而求索。今天在荆楚大地学习的你们，又将吟唱出怎样的诗句，谱写出怎样的篇章呢，老师们将给予深切的期待。

最后，真诚祝愿你们身体健康，心情愉快，学业有成！谢谢大家。

感恩　责任　智慧　超越

——在武汉大学2007届毕业生毕业典礼上的讲话

刘经南

（2007. 6. 24）

亲爱的同学们、老师们、朋友们，各位学生家长和来宾：

今天是一个令人难以忘怀的日子，在这个操场，我们特地为2007届毕业生隆重举行毕业典礼，既是代表同学们在学业上初有所成的一个圆满终结，也预示着人生又一个新起点的到来。首先，我谨代表学校，向圆满完成学业的全体同学，表示热烈的祝贺！向参加毕业典礼的学生家长和新闻界朋友，表示热烈的欢迎！同时，也借此机会，向抚育你们成长的父母，向精心培育你们成才的老师，向执着支持你们成功的亲朋，致以崇高的敬意！

想当年，同学们踌躇满志来到珞珈山，也就是在这个梅园操场，翻开了人生新的一页。在这里，你们指点江山，激扬文字，勤学苦读，锐意进取，度过了一段激情飞扬的青春岁月，不仅在学业上取得了长足的进步，也为武汉大学的建设与发展做出了难忘的贡献。在这里，我要代表全校老师、校友、你们的学弟学妹们，向你们为学校建设与发展所作的贡献表示诚挚的谢意！

今年，我校共有 11954 名同学毕业，其中，研究生 5687 人，本科生 6148 人，港澳台学生 19 人，外国留学生 100 人，相当一部分同学到国家机关、重要科研机构、跨国公司和大型企事业单位就业，本科生考取研究生和出国留学的比例为 43.3%，再创新的纪录。特别值得一提的是，我校今年又有 61 名同学志愿到西部和边远地区工作，满腔热情地投入到边疆建设和西部大开发的事业之中，这种奉献精神和创业精神令我们十分感动和欣慰！他们也不愧是一万多名毕业生的光荣和骄傲！

我国古代大教育家孔子有句至理名言：“仁者不忧，知者不惑，勇者不惧。”仁者爱人也，即关爱百姓也，一个人只有永怀感恩和关怀百姓之心，才会具有高度的责任感，才能洞悉大千世界，智慧应对人生，不畏艰辛，勇往直前，才真正称得上“大仁大义、大智大勇”。这样的人，必定前程无忧，人生美好。

今天，同学们即将奔赴人生新的驿站，作为校长，我想用八个字作为临别赠言，这就是：感恩、责任、智慧、超越。

第一，希望同学们做一个懂得感恩的人。

“滴水之恩，当涌泉相报”，这是中华民族的传统美德。拥有一颗感恩的心，我们就会倍加珍惜生命，善待自己；拥有一颗感恩的心，我们才能真正懂得关心世界、关爱他人；拥有一颗感恩的心，我们才能学会包容、赢得真爱；拥有一颗感恩的心，我们就会拥有快乐、享受人生。因此，我希望同学们懂得珍惜，学会感恩。要感谢生活，感谢成功，甚至感谢挫折；要感谢父母，感谢父老乡亲，感谢从小学、中学到大学的老师和母校，感谢每一个曾经帮助过你们的人。

第二，希望同学们做一个有责任感的人。

对同学们来说，知识技能固然重要，但更重要的是学会做人，担负起应该担负的责任。要对自己负责，少一些傲气和浮躁，多一份自强和弘毅；要珍爱健康，珍爱人生，保持身心和谐与自我完善；要对家庭负责，无论天涯海角，不管荣辱富贵，都不要忘了给家人多一声问候，多一些眷顾，多一份关爱；要对社会负责，牢记母校重托和自身使命，关心国家和世界命运，恪尽职守，脚踏实地，努力承担起报效祖国、服务社会、造福人民的责任。

第三，希望同学们做一个充满智慧的人。

前几天，我用了老子语句“上善若水，上德若谷”给研究生们题词共勉。今天，在毕业典礼这个庄重的时刻，我解释一下对一个充满智慧的人之境界的理解。虚怀若谷者，才能兼容并蓄，纳言敏行，从而能集古今中外之大成。智者乐水，水润物济世而不争，水千姿百态而无形，水柔弱无比而无坚不摧。水静则深邃且明镜照人，水动如蛟龙而满怀激情，水散为水滴可穿石，水聚为江河可移山。水变化无穷，但又坚持理想，它总是向最低的地方奔流不息。水，真是顺应自然，无为而治，大智若愚。同学们，我们应学习、思考水的品德，水的智慧，因为它永远启迪我们的心智，滋润我们的人生。

第四，希望同学们做一个不断超越的人。

和而不同，追求卓越，实现超越，是武汉大学的文化精神和优良传统。110多年来，这种精神和传统激励着一批又一批从武大走出去的毕业生，经历磨练，不畏艰辛，大胆超越，创造出了许多个“中国第一”，成为民族的中坚和社会的精英。在当前这个日新月异的时代，更需要自我思想与意识的不断超越，以及愈挫愈奋、坚韧不拔、勇往直前的毅力和决心。希望同学们树立远大的理想和抱负，敢于超越自我，敢于超越前人，敢于超越时代，成为在各个领域、各行各业引领风骚的领军式人物。

同学们，千里之行始于足下，你们就要收拾行装，奔赴美好的未来了。母校期待着你们从四面八方传来好消息，希望你们以后常回家看看。请记住，母校永远是你们的后援队，武汉大学是你们永远的精神家园！最后，祝同学们前途无量，一路走好！谢谢大家！

求知在武大，成才在珞珈

——在武汉大学2007级新生开学典礼上的讲话

刘经南

（2007.9.11）

同学们：

这是我第五次在全校开学典礼上讲话了。每次面对这么多年轻的面孔，我都忍不住内心的激动。作为校长，我感到最骄傲的，就是周围总有一批活力四射、奋发向上的青年学生！在座的有一位同学，从家乡湖北随州出发，历时12天，徒步300公里，来学校报到，用双脚刻下人生的轨迹！他就是社会学专业的本科生聂文迪同学。还有一位是信息管理学院、来自河北石家庄的耿直同学，他千里走单骑，从石家庄出发，日行130公里，历时十天，骑自行车来学校报到。这种挑战自我的精神值得赞赏！因为，这种精神与我们一贯提倡的锲而不舍、坚韧不拔、敢于拼搏、大胆超越的校风、学风是一致的，这种精神与百年武大“自强、弘毅、求是、拓新”的校训精神也是一脉相承的。我相信，在我们的新生中，像聂文迪、耿直这样具有拼搏和超越精神的同学，还有很多。而正是你们，昭示着武大生机勃勃的现在，也预示着武大跻身世界一流的光辉未来。此时此刻，我谨代表全校6万多名师生员工，热烈欢迎大家来珞珈山深造！祝贺你们成为珞珈山的新主人！

今天是珞珈山新主人的节日，在你们中间，有全日制本科生7816人，其中港澳台学生122人；有硕士生4941名、博士生1535名；有外国留学生400多名，他们都来参加今天的盛会。今天，与你们一起参加开学典礼的还有部分中学校长和学生家长，借此机会，我代表武汉大学，向各位中学领导、老师和家长，表示衷心的感谢！是你们的谆谆教诲和含辛茹苦，奠定了他们人生扎实的基础，同时也为武大送来优质的生源。同学们来自五湖四海和世界各地，带着憧憬，怀着理想，来到武汉。饮长江水，居珞珈山，伴东湖景，读万卷书，探成才路，实为人生一大幸！在这里，你们可以领略长江之水不舍昼夜、心系大海奔流不息之情怀，你们可以感悟珞珈山之钟灵毓秀、山虽不高而有仙之意境，你们可以体味东湖之景碧水长天、水虽不深却藏龙之史实。这里的仙，就是无数的先贤先哲；这里的龙，就是广大的学者学生。一代伟人毛泽东曾在这里凭栏远眺，向武大学子挥手致意，与老校长李达促膝谈心；人民公仆周恩来曾在这里运筹帷幄，谋划抗日大计；学界泰斗郭沫若曾在这里招贤纳士，共商救亡之良策；李四光用心血和智慧规划了武大，闻一多用诗情和浪漫重塑了珞珈。从武大毕业的学生中，有不少武昌首义的英烈，有多名党的“一大”代表，有众多革命志士、学术精英、业界领袖……百多年来，一代代武大人精心治理，着意营造出优良的爱国传统、优秀的学术传承和优美的校园风光相结合的“三优”育人环境，并着力践行以创造、创新和创业为一体的“三创”教育，使武大成为莘莘学子理想的求知圣地。一批又一批和大家一样的有志青年来到珞珈山，在这里求知成才，他们把青春和热血挥洒在这方美丽而神圣的土地，形成了武汉大学浓厚而独特的大学精神与校园文化。这种精神体现为强烈的民族精神、敏锐的时代精神、永恒的道德精神、自觉的学术精神和不息的奋斗精神；这种文化表现为批判思维和尊重学术自由的思辨文化，传统与现代交融、本土与世界争辉的多元文化，鼓励超越、支持冒尖、宽容失败、兼收并蓄的和谐文化。概言之，武汉大学校园文化环境，是人文精神与科学精神的结合，是爱国传统和大师风范的结合，是天人物我之间的和谐和美的结合，同学们在这里学习和生活，可以品味四季的缤纷、学海的艰辛、师生的友爱、青春的激情。

同学们选择武汉大学，就等于选择了多元的机会。武汉大学是一个完全意义上的综合性大学，学校有108个本科专业、281个硕士点和200个博士点，学科综合和交叉是我们的突出优势。最近，我校又有5个一级学科和17个二级学科被认定为国家重点学科，二级国家重点学科总数由原来20个增加到46个，位居全国第七位，学科结构更加优化，优势特色更加明显。作为武汉大学的学生，要学会充分利用学校学科综合的优势，在学有余力的情况下，争取攻读第二学位，尽可能选择主辅修，努力使自己成为能适应国际竞争、国家发展、社会进步所需要的复合型拔尖创新人才。

大学跟高中不一样，不是单纯地吸收知识，而是尊重个人兴趣，注重方法，强调思维，突出实践。有人说“玩在武大”，这不能理解为对武大学习氛围的贬低。“玩”是一种宽松的学习方式，充分体现自主、自在、自为的精神状态和追求，充分体现武大宽松、自由、开放的人才培养环境。武大的学生正是在“玩”中学习，在“玩”中创造，在“玩”中成长。我们提倡自主性学习、研究型学习和合作性学习，在老师的指导下，大家可以根据各自的兴趣点来规划个人发展方向，争取科研实践的机会，融入团队，以更好地锻炼自己，将书本知识转化为素质和能力。

在武大，第二课堂活动非常丰富，它将考验你们的心智，展示你们的潜能，锻炼你们的领导能力，是创新性人才培养不可或缺的环节。学校涌现出不少“风云学子”，像哲学学院2005级博士生周锴，1999年创办人文爱乐合唱团，2006

年带领合唱团获得第四届世界合唱比赛金奖。由著名生态学家、鸟类学家胡鸿兴教授创建于1999年的“神农架及长江流域生态考察队”，每年招募20名队员，多角度地探讨神农架资源开发与保护，起到提高公众环保意识的良好效果。希望同学们多参加这些丰富多彩的课余活动，激发兴趣，发掘潜力，接触社会，锻炼能力，全面成才。

同学们，人生的路很长，要长远发展，做成大事，很重要的一个方面是要有远大的志向和坚强的毅力。“士不可以不弘毅，任重而道远。”只有志向远大，具有历史使命感和责任感，才能做出大事。你们的学长已经做出了很好的表率。计算机学院2003级本科生黄来女，背着身患重病的父亲上大学，在极其艰苦的条件下，一边悉心照料父亲，一边勤工助学，一边出色地完成学业，今年被学校免试推荐为硕士研究生；动力与机械学院2004级本科生姚忠凯，家境贫寒，靠自己的勤俭与坚强，学业优秀，在校期间就担任武汉时空商贸有限公司副总经理。这样的学生不仅提升了自己，更带动了他人。今年5月14日，温家宝总理在同济大学引用了一句哲言：“一个民族有一些关注天空的人，他们才有希望；一个民族只是关心脚下的事情，那是没有未来的。”同学们要培养一种宇宙情怀，像宇宙一样宽广，像宇宙一样深邃，努力做到心胸开阔、目光远大，经常记得遥望天空，放眼世界，胸怀祖国。

同学们，进入大学后，要做好三件事情：一是学习知识，不仅学习课本知识、本专业知识，还要学习相关领域的知识、社会知识、实践知识，人文社会科学专业的学生要多学点科学知识，理工医类的学生要多学点人文知识；二是学习做人，要努力做一个有理想、有责任感、有正义感、有诚信、懂得感恩的人；三是学会思考，在学习和做人的过程中，凡事要认真思考、积极思考、主动思考，要学会深度地思考、独立地思考、创造性地思考，努力使自己成为一个富有内涵和开拓创新的人。

同学们，学校鲲鹏广场上镌刻着一句话："北冥深广，鲲翼垂天；云搏九万，水击三千。"希望同学们珍惜大好时光，自强不息，对自己负责，让家长放心，为祖国效力，如鲲鹏振翅，大展宏图！七十五年前，蔡元培先生在国立武汉大学珞珈山新校舍落成典礼上说："将来武汉大学之荣誉，决不仅在教职员，而尤在学生！"我深切地希望：今天，你们因武汉大学而骄傲；明天，武汉大学因你们而自豪！

昨天是第 23 个教师节，我想和同学们一道，感谢我们的教师，是他们的默默奉献，共同铸就了武大卓著的办学声望和辉煌的办学成就。今年 8 月 31 日，胡锦涛总书记在全国优秀教师代表座谈会上发表了重要讲话，就尊师重教明确提出了"三个必须"，即"必须高度重视和切实加强教师队伍建设，必须吸引和鼓励优秀人才从事教育工作，必须形成尊师重教的良好社会风气"，话语之中凝结了总书记对广大教师和教育工作者的深切关爱之情。我希望，我校广大教职员工要以胡锦涛总书记提出的"四点希望"为鞭策，切实做到爱岗敬业、关爱学生，刻苦钻研、严谨笃学，勇于创新、奋发进取，淡泊名利、志存高远，努力成为无愧于党和人民、无愧于学生和百姓的人类灵魂工程师！

珞珈山是人间胜地，这里有千株桃树、万朵樱花；这里有汗牛充栋之典藏，学富五车之贤达；这里是知识的海洋、思想的宝库、成长的沃土！求知在武大，成才在珞珈！衷心祝愿同学们学习快乐、学业有成！

崇高责任，阳光人生

——在武汉大学2008届毕业生毕业典礼上的讲话

刘经南

（2008. 6. 22）

亲爱的2008届毕业生同学们：

今天，是武汉大学的盛大节日，是2008届毕业生人生的一个重要里程碑。我们在人文馆主厅，举行隆重的毕业典礼，和同学们分享毕业的喜悦。在此，我代表学校，向圆满完成学业的全体同学致以最热烈的祝贺和最衷心的祝福！

今天到场的同学作为毕业生的代表，是武汉大学历史上首批全体穿上学位服、上台接受学位授予的毕业生。前些天，各个学院都精心举办了各具特色的毕业典礼，学校把毕业典礼的地点从梅园小操场改到人文馆主厅，使我们更能够感受毕业典礼的神圣和庄严，享受身穿长袍、头戴方帽、援正流苏的自豪和喜悦。这不仅体现了母校对毕业生的珍爱，还昭示我们：毕业典礼是我们学术成人、精神成人的标志，它预示着我们人生又一个新起点的到来。从这一刻起，同学们将由汲取知识、吸收能量转变为释放能量、服务社会，担当起弘扬和传承百年武大“自强、弘毅、求是、拓新”精神的重任！

今年，我校共有 12480 名同学毕业，其中，研究生 5467 人，本科生 6918 人，港澳台学生 67 人，外国留学生 28 人。相当一部分同学到国家机关、科研机构、跨国公司和大型企事业单位就业，有不少同学选择了出国留学、继续攻读硕士或博士学位，也有一些同学选择到部队就业、到农村支教或担任“村官”。特别值得一提的是，我校今年又有 100 余名同学志愿到西部和边远地区工作，满腔热情地投入到边疆建设和西部大开发的事业之中，这种奉献精神和创业精神令我们感动和欣慰，他们是毕业生的光荣和骄傲！

在去年的毕业典礼上，我以“感恩、责任、智慧、超越”八个字作为给毕业生的临别赠言，今年在这八个字的基础上，我想再强调两点：崇高责任和阳光心态。

中国的《大学》一书开篇就讲：“大学之道，在明明德，在亲民，在止于至善。”阐旧辅新，大学的第一要务就是要培养道德健全的人，要发扬光明的、至高的德性，感化和服务社会大众，逐步接近至美至善的天地境界。大学如何“明明德”，又如何“亲民”，正是我们的崇高责任之所在。

5 月 12 日，我国四川等地发生了 8.0 级特大地震，造成人民生命、财产的惨重损失和巨大创伤。大地震面前，举国同心同德，共赴国难；寰球五洲援手，大爱无边。多难兴邦，无数奉献和感动让中华民族凝聚在一起，众志成城，感恩前进！在抗震救灾一线有很多武大校友的身影，他们奋力疏通道路，抢救伤员，安置受灾群众，排除堰塞湖险情；学校全体师生积极献血，踊跃捐款，献计献策，抚慰受灾同学，投身志愿行动。这充分高扬了武汉大学报效中华、振兴中华、科学救国、人文立国的优秀传统！这就是高等教育的“明明德”！是对教育履行崇高责任的生动诠释！

在我们的毕业生中，数学与统计学院博士生尹万科，围绕由数学大师 J. Moser 提出的一项数学难题，潜心研究，在导师指导下完成的论文取得了突破性进展，2007年12月荣获由世界华人数学家大会颁发的“首届新世界数学奖”的殊荣。化学与分子科学学院博士生杨利，曾参加共青团中央主办的研究生支教团，赴大别山区支教，通过不懈的努力，坚定了孩子们的求学信念。为了让那些从未走出大山的孩子看看外面的世界，他和队友捐款，带领50名品学兼优的贫困生，参观他们渴慕已久的武汉大学校园。在结束支教返校后，他又号召同学们捐款设立“励学”奖学金，先后资助了100余名贫困学生。尹万科和杨利，从不同的角度诠释了当代青年的社会责任：在自我不断进取、追求真理、追求卓越的同时，感召社会，帮助他人，践行对社会的崇高责任。这样的社会责任，正是“在亲民”古训的现代版！

实际上，崇高责任不仅是中国的，也是世界的。在全球化的今天，中国的高等教育日益走向国际化，最需要的是有中华文化之根的世界公民。“有根”的世界公民，就是具有崇高责任意识和能力的人。具体说，我们要爱自己的父母、亲人、朋友，懂得感恩；还要“老吾老以及人之老，幼吾幼以及人之幼”，具有博爱之心和悲悯情怀。我们要有平等意识，勇于捍卫人的尊严和价值，要对国家和社会负责，还要对我们生活于其中的地球负责。我们要成为民族精神的传承者，还要成为世界各个民族文化的欣赏者、沟通者，学会竞争合作、和谐共存、共同发展。在未来的日子，希望同学们能按照“有根的世界公民”的要求，履行崇高责任，规划阳光人生。

实现我们的崇高责任，离不开阳光心态。践行我们的崇高责任，目的在于度过阳光人生。阳光人生不是没有风吹浪打，更不是处处花团锦簇，载歌载舞；而是直面人生的坎坷，享受人生的美丽，成就有意义、有价值、有创造的未来。

在今年的毕业生中，动力与机械学院姚忠凯同学，8岁丧母，之后接连面对爷爷、奶奶和父亲的离世。许多大学生享受着美好的大学时光，姚忠凯却背负着10万元的外债，承担起赡养养母的义务。但他没被苦难打倒，而是靠自己的勤俭与坚强，取得优异成绩，在校期间就担任武汉时空商贸有限公司副总经理，如今即将到广东的一家电厂就职。姚忠凯身上体现出的历经磨难而自强不息的精神，正是武汉大学最欣赏的一种精神——阳光人生的精神！磨难也是一种财富，经历过苦难磨砺的人是坚强的人，也是智慧的人；他的心态是阳光的，最好的阳光心态就是面对苦难时的坚强与乐观。依靠这种精神力量，我们得以克服人生的困难；依靠这种精神力量，我们才能帮助地震灾区重建物质家园和精神家园！

保持阳光的心态，还要懂得感恩与珍惜，在顺境中感恩，在逆境中心存希望和信心，珍惜时间和生命。保持阳光的心态，还要学会宽容和关爱，善待自己，包容他人；学会欣赏生活、享受生命，点亮心灯，照亮世界。今年 3 月，我用“健康心理，阳光心态，诚真心性，美好心灵”16 字给《珞珈心源报》题词，与同学们共勉。我希望，在今后的旅途中，同学们能通过心性的修炼和心智的完善，让阳光洒满你们的心灵，不断成就自我，成就人生。

同学们，6 月 14 日，胡锦涛总书记在同共青团十六大的部分代表座谈时，殷切希望全国广大青年：要坚定理想信念，要勤奋刻苦学习，要勇于艰苦创业，要培养高尚品德。我希望同学们以此为鞭策，坚守激情与梦想，持之以恒，不断学习，脚踏实地，追求卓越，像你们的前辈学长那样，以学识和才智奉献社会，以精神和品格影响他人，使“武汉大学”这个名字因你们而更具魅力，更具风采！

同学们，千里之行始于足下，你们就要收拾行装，奔赴美好的未来了。我深知，你们在校的几年，学校还有很多让大家不满意的地方。但是在记载着大家青春和梦想的珞珈山，你、我、我们所有的武大人，一直都在努力。武大是我们永恒的精神家园，希望大家常回家看看！母校会永远关注你们，支持你们，欢迎你们！

最后，衷心地祝福同学们前程似锦，一生平安、幸福、快乐！

责任　激情　理性

——在武汉大学2008级新生开学典礼上的讲话

刘经南

（2008.9.11）

亲爱的同学们：

大家新学期好！在中国波澜壮阔的2008年的今天，在这江汉之滨，历史名城，你们迎来了新的人生，成为珞珈山上的新一代主人——以“90后”青年为主体的新一代主人。珞珈山的青松翠竹为你们扶摇起舞，东湖的碧波白浪为你们欢腾歌唱，武汉大学的六万余名师生员工，更是怀着节日的欢乐和守望者的兴奋，以会心的微笑和细心的服务，向你们表示诚挚的祝贺和热烈的欢迎！在今天这个隆重而庄严的开学典礼上，为你们祝贺的还有来自国内一些著名中学的校长，正是中小学教师们的精心培育，成就了你们今日的辉煌。让我们借此机会，一起向曾经培养你们的所有老师和母校道一声谢谢！师恩难忘！母校常春！

在今天的开学典礼上，除了代表着一万四千余名来自祖国内地，200余名来自台湾、香港、澳门的本科生及硕士、博士研究生外，还有700名来自五大洲共90多个国家的外国留学生，他们怀着对中国人民的美好感情、对中国发展的支持热情、对中国求学的探索热情来到了武汉大学，成为我们的同学。正是源源不断的海外留学生给我们带来了灿烂的各国文化，成就了珞珈山“世界多元文明沟通交融福地”的美名，让我们以热烈的掌声，表示对他们的热烈欢迎！

在今天的开学典礼上，特别值得一提的是，在新同学中间，有40名同学来自汶川地震灾区。这些同学怀着对亲友、同学故去的悲痛，冒着余震不断的危险，克服种种困难，完成了高考，以勇敢、坚强和执着，实现了自己的大学梦想。这种自强不息的精神，让我们感动，让我们钦佩，让我们鼓舞，让我们为之骄傲！让我们也以热烈的掌声向这些同学表示欢迎，欢迎加入武汉大学这个温暖的大家庭！

武汉大学是一所历史悠久的大学，有着悠久的学术传统、厚重的文化积淀和优良的革命传统。115年前，湖广总督张之洞奏请清廷，创立自强学堂——武汉大学的前身。从此，学校就肩负起“自强不息，复兴中华”的民族使命。80年前，国立武汉大学正式命名，跻身于中国第一批国立大学的行列。70年前，武汉大学辗转西迁四川乐山，八年抗战，艰苦办学，共赴国难，共济时艰，创造了人才培养和学术研究的奇迹。60年前，武汉大学完成了文、法、理、工、农、医六大学院的建设，成为国际闻名的综合性大学。50年前，中国共产党的两位创始人、革命家毛泽东主席和哲学家李达校长，会聚珞珈山“九一二”广场。毛主席向青年学子挥手致意，“同学们好！”的声音成为鼓舞那一代青年为中华人民共和国建设而战斗不息的号角。30年前，武汉大学在改革开放的春风中复兴，率先开始了学分制、主辅修制、双学位制等一系列教育教学改革，引领了一个时代的风骚。8年前，武汉大学与原武汉水利电力大学、武汉测绘科技大学、湖北医科大学合并组建新的武汉大学，开始了跨越式发展、建设世界知名高水平大学的新的历程。

百多年来，一批批大师学者在这里潜心为学、辛勤耕耘，一批批有志青年在这里求知成才、激扬青春，形成了武汉大学“自强、弘毅、求是、拓新”的校训精神。从珞珈山已经走出了30多万优秀毕业生，其中有不少革命领袖、民族英烈，也造就了包括100多位中国科学院、中国工程院院士在内的众多科学技术专家、人文社会科学家、企业精英、社会名流和富于创造精神、实干精神、民族精神的各行各业的领军人物。他们是国家的精英，也是武汉大学的骄傲！

进入21世纪的武汉大学，首先提出了“创造、创新、创业”的“三创”教育理念，率先举起了“打造世界一流本科教育”的人才培养旗帜，制定了培养“高素质、宽口径、厚基础、强能力”拔尖创新人才的办学目标，推出了提升本科教学质量的“卓越工程”和提升研究生培养质量的“创新工程”。武汉大学以优秀的教师资源、先进的实验设备资源、齐备的社会合作资源和广泛的国际学术资源，服务于学校的人才培养，我们的最高理念和最终宗旨就是：学校工作一切以学生为本。我们的教授必须为本科生上课，我们的研究性实验室必须向本科生开放，学校在全国有260多个合作实习单位和实践基地，每年有6000多名学生在这些合作实习单位和实践基地实习。学校近年来每年选派近千名学生出国交流，开展国外第二校园学习或者联合培养。为了实现精英型人才培养的目标，学校将为大家调动、创造、争取一切资源，同时通过思想政治教育、知识教育、能力教育，提升你们自主自觉的意识，努力使大家都成为一个全面发展的人，一个协调发展的人，一个可持续发展的人。

一个全面发展的人，就是思想道德素质、科学文化素质和身心健康素质全面提升的人；一个协调发展的人，就是身体、人格、知识、能力均衡协调的人；一个可持续发展的人，就是具有使命意识、责任意识、创新精神、拼搏精神，既富人生激情，又具理性智慧的人，做一个可持续发展的人，我的感悟是责任、激情、理性最为重要。

中国传统文化精神的核心，是个人对集体的责任、个人对社会的责任，知识分子的责任意识就是修身齐家治国平天下。我以为，北京奥运会后对于中国知识精英的这一责任又有了新的内涵。北京奥运会向世界展示了一个古老而现代、自信而充满活力的中国，标志着中国融入世界和平发展的新阶段，也意味着中国继1971年重返联合国从政治上、2001年加入WTO组织从经济上履行大国责任之后，将在精神、文化领域承担更多的国际社会责任。新的形势也对中国大学的发展提出了新的社会责任。同一个世界，同一个梦想。同住地球村、和平与发展、公平竞争和友好合作是我们共同的梦想，大学承担新的社会责任就是为实现这一梦想培养合格的地球村村民，或者说有本土文化之根的世界公民。所谓有“本土文化之根的世界公民”，就是具有国际视野、具有崇高的责任意识和具有服务人类社会进步能力的人。这样的人，懂得感恩，懂得关爱，懂得奉献；这样的人懂得既要对国家和社会负责，又要对我们生活于其中的地球负责，关心全球变化，关心环境保护，关心人与自然的和谐发展；这样的人既是本民族精神的传承者，又是世界各个民族文化的欣赏者、沟通者，能够与不同肤色、不同种族的人们竞争合作、和谐共存、共同发展。

同学们，履行崇高的社会责任，需要保持充沛的激情。激情是青春的活力，激情是创新的动力。它催生探索、驰骋想象、触动灵感、激发创造，使我们的求知、创业的过程充满新鲜、乐趣乃至美感。激情更是勇气，是胆量，给人以接受挑战历练的决心和斗志。

大学是青年才俊汇集的文化圣地，是培育激情、释放激情、燃烧激情的地方。正是万千激情学子的不断加入、碰撞、升华，才能使大学始终保持着勃勃的生机，引领社会前进。大学生永怀激情，也才能在人生的征途中充满活力和张力，遇挫不伤，遇难不困，自强弘毅，百折不挠。

完成崇高的历史使命，激情需要理性、智慧的支撑。没有理性驾驭的激情，或者表现为无果而终的突发奇想，或者表现为简单草率的发泄冲动；而没有激情的理性，可能是厌世的冷漠，或者是孤独的迷惘。理性是人内心的心灵之神，它需要无我的境界、敏锐的发现、深刻的洞察、缜密的思考和创新的探索。

我们探究新知、追求真理、传承文化的过程正是理性与激情交相激发的过程。儒家经典《中庸》提出“博学之，审问之，慎思之，明辨之，笃行之”，精辟地概括了为学成才的理性之道。我们要博览群书，与古圣今贤对话，培养内心的浩然正气，在阅读中领悟他们的博大和包容。我们要敢于打破常规，勇于质疑定论，勤于思考，精于自省，明于辨析，独立探索，自主创新。我们要明确目标，坚定意志，“知行合一”，学有所得，学有所用。大学不仅是学习知识的殿堂，更是砥砺意志、锤炼人格的圣地。让我们以学人的智慧探索做人、做事的道理，以远大的目光规划人生和未来，为履行我们的责任和承诺谱写生命的华章。

同学们，“大学之道，在明明德，在亲民，在止于至善。”从今天开始，从这里出发，肩负崇高的责任，点燃青春的激情，熔铸睿智的理性，实现你们的梦想，去不断创造壮丽的未来吧！

谢谢大家！

顾海良 校长

顾海良，汉族，上海市人，1951 年 1 月出生，研究生学历，经济学硕士。1969 年 1 月参加工作，1984 年 3 月加入中国共产党。经济学家和马克思主义理论家，教授、博士生导师。2000 年 12 月至 2008 年 11 月任武汉大学党委书记。2008 年 11 月至 2010 年 12 月任武汉大学校长。现任北京大学中国道路与中国化马克思主义协同创新中心主任，中央马克思主义理论研究和建设工程咨询专家、首席专家。

和合通变

关爱　融入　创造

——在武汉大学2005届毕业生毕业典礼上的讲话

顾海良[①]

（2005. 6. 22）

2005届毕业班的全体同学，各位老师、各位朋友，各位家长：

今天，我们在此举行2005届毕业生的毕业典礼，对于我们武汉大学而言，这是一个盛大而隆重的节日，更是一个充满喜悦的收获季节。对于毕业的同学们而言，这是你们人生旅途中的一个重大转折点。在此，我谨代表学校党政领导、代表正在法国出访的校长刘经南院士和近五万名师生员工，向圆满完成学业的全体同学表示最热烈的祝贺，向辛勤养育你们成长的父母们，向精心培育你们成才的老师们表示崇高的敬意！

今年我校共有13067位同学毕业，其中，有研究生4527人，普通本科生8540人。除部分同学继续攻读更高的学位或出国深造外，多数同学是走向社会就

① 因刘经南校长在此期间正在法国出访，本年度毕业典礼由时任校党委书记顾海良致辞。

业。珞珈山下，花开花谢，经过几年的大学生活，你们更加成熟，更加完美。校园的各个角落都留下了你们青春的身影，你们勤奋苦读，勇于实践，开拓进取，锐意创新，在学习、工作、生活等方面都取得了长足进步，也为武汉大学的建设与发展做出了应有的贡献。我为同学们的成长而高兴，为同学们的进步而自豪，为你们即将开始新的人生征程而祝福。

当年，你们满怀希望地步入武大，今天，你们更加意气风发，即将奔赴祖国的四面八方。此时此刻，充盈在我心间的，既有浓浓师生之情，依依惜别之意，也有“得天下英才而育之”、“青出于蓝而胜于蓝”的骄傲和自豪。在你们即将开始新的生活之际，我愿意以一位教师、一位学者的身份分享我对生活的认识和人生的感悟，表达我对你们殷切的祝愿和期望。

第一，希望同学们更加关爱自然、关爱社会、关爱他人。大学不仅仅是向学生传播知识的场所，还是向学生灌注梦想和希望的家园。梦想和希望来自对自然、社会和他人的关爱，珞珈山的学习生活经历提升了你们对世界认知的深度和广度，使你们能够从容地应对未来生活的挑战。从这所百年名校走出的你们，应该有着珞珈有山、雄峙东湖之南、遥踞大江之阴的气魄，也应有天行健、君子以自强不息的气质。相信在武汉大学独有的灵山秀水的滋润下，你们已经融入了母校独有的精神和基因，希望同学们能永远地保留她，不断地激发她，希望由这种精神熏陶而产生的对自然、社会、他人的关爱，变成一种责任，成为你们将来为国家、民族做出努力和贡献的动力，并且不断地将其回馈，使之成为武大精神的一部分。

第二，希望同学们能尽快适应社会，善于沟通，融入新的集体。与相对单纯、较少功利色彩的大学校园相比较，你们面临的是一个充满矛盾和活力，充满激情和诱惑的社会，许许多多的现实问题，如生存与就业的压力，工作与感情的选择，大学生与劳动者之间角色的转换等，都将在今后一段时间内逼迫着你们，你们有的会很快适应，找准自己的位置，也有的会感到失落，甚至无助。在此，我希望你们能够尽快适应，学会与人相处，善于与人沟通，将自己融入社会，融入新的环境，融入自己工作的团队，尽快完成由大学生到社会成员的转变。

第三，希望同学们勇敢地创造未来。你们即将走上各自的岗位，对于工作，对于生活，你们或许有许多不适应，甚至不满意的地方，但是只要你们具备独立的思考和工作的能力，你们就应该充满信心，完全可以去创造一片新天地。当然，创造未来更需要我们脚踏实地，善于学习，发扬自强、弘毅、求是、拓新的校训精神。自强让你们勇于肩负起对民族、国家、社会及家庭的责任；弘毅是任重道远的你们承担责任的精神支柱；求是是取得成功的基础。我相信有着这样品质的武大毕业生，一定会充分发掘自身潜能，不断创造新的未来。

我曾经看到有位同学在网上写过这样的帖子："我喜欢樱飘若雪，我喜欢丹桂飘香，我喜欢枫叶似火，我喜欢寒梅怒放，我喜欢在老图书馆听巴赫，我喜欢在东湖边谈卢梭，我喜欢在教室里听讲课，我喜欢在教五广场放风筝。"同学们，在你们即将离开武汉大学的时候，你们一定会对这所学校涌现出无限的遐想和感思，对珞珈的山山水水涌现出无限的回忆与眷恋。我衷心希望，你们在武汉大学求学的经历会极大地帮助你们成就未来，我也希望你们一如既往地关心武汉大学的建设与发展，在各自的岗位上继续发挥自己的聪明才智，用你们的努力获得社会的认同，用你们取得的优异成绩，去创造一片辉煌天地。

珞珈翠荫，东湖碧波，武汉大学作为你们的母校，珞珈山作为你们的依靠，她会永远像母亲一样支持你、思念你、欢迎你，无论你曾经在武汉大学收获过什么，失落过什么，母校永远是你们人生旅途的驿站，永远是你们坚强的后盾，永远是你们的精神家园。

最后我衷心地祝愿同学们旅途顺利，一生平安！谢谢大家。

进取　责任　豁达

——在武汉大学2009届毕业生毕业典礼上的讲话

顾海良

（2009. 6. 24）

各位老师、各位同学，各位朋友、各位来宾：

大家上午好！

今天，武汉大学校园充满节日的欢愉、收获的喜庆。我们相聚在这里，为2009届毕业生举行隆重的毕业典礼，和同学们分享桃李的芬芳，共话别离的眷恋。在此，我代表学校，向各位毕业生表示最热烈的祝贺，向为同学们的成长付出辛勤劳动的各位老师和职工表示最诚挚的敬意，也向始终关注着同学们成长的你们的亲友和社会各界人士表示最衷心的感谢！

今年，我校共有12674名同学毕业，其中，本科生7124人、硕士研究生4233人、博士研究生1004人、外国留学生313人。除部分同学继续攻读更高的学位或出国深造外，多数同学将进入社会，走上工作岗位。珞珈山下，夏熟秋实；东湖岸边，冬去春来。几年前，同学们踌躇满志地来到武汉大学，在这里激扬文字，勤学苦读。图书馆里曾点燃多少憧憬与渴望，林荫道上曾记录多少凝思与遐想，田径场上曾挥洒多少激情与汗水，课堂内外曾展示多少自信与昂扬。珞珈山下难忘的大学生活奏响了同学们青春的华彩乐章。几年来，你们不仅在学业和思想上取得了长足进步，而且也在学校发展的历史画卷中留下了辉煌的一页。我为你们的成长和进步感到欣慰，更为你们即将走向社会、承担起崇高的社会责任而感到骄傲！

今天，是你们人生新的起点。在临别之际，我作为大家的师长，也作为大家的朋友，提出一些寄语和期望：

第一，希望同学们能够永远保持一颗进取之心，脚踏实地，追求卓越。

“吾生也有涯，而知也无涯。”毕业不是学习的终结，而应该是新的学习阶段的开始。在社会的大课堂中，你们将会遇到更为艰难的社会考试，将会面对更为深涩的生活考验。在今后的日子里，你们不要怕从最基层做起，学会在困难中修身，踏实做事，诚实为人，立足本职，追求卓越；你们要永远保持学习和思考的热情，求知若渴，虚心若愚，不断探求新知、追求真理，永葆思想的活力；你们要树立远大的理想和抱负，长存敢为天下先的勇气、永不言退的锐气和积极进取的朝气，在中国特色社会主义事业的历史进程中，在人类文明进步的伟大实践中，成就自己的理想和事业。

第二，希望同学们能够时刻坚守一份责任之心，甘于奉献，勇于担当。

只有对学生、社会、民族和国家负责任的学校，才能培养出对社会、民族和国家负责任的学生；只有为社会、为民族、为国家勇担责任的学子，才能真正成为国家和民族的精英与栋梁。百余年来，武汉大学的历史发展无不与国家和民族的命运休戚相关。我相信，从这所大学走出去的你们，应该有着珞珈有山，雄峙东湖之南、遥踞大江之畔的气魄，有着“天行健，君子以自强不息”的品格，更有着“士不可不弘毅，任重而道远”的精神。一个富有智慧和远见的民族，总是把信任和期待的目光投向青年。当祖国和人民需要你们的时候，希望同学们能勇挑重担、攻坚克难，敢于在最困难、最艰苦的地方大显身手；希望同学们能甘于奉献，勇于奋进，自觉地站在时代的前列，像你们的历届学长那样，用自己的聪明才智为国家的强盛、为人民的幸福、为中华民族的振兴、为人类文明的进步做出自己的贡献。

第三，希望同学们能够持久拥有一颗豁达之心，热爱生活，宽容自信。

海纳百川，有容乃大。豁达是一种人生的品格，更是一种生活的智慧和艺术。拥有豁达，我们才能珍惜今天的一切，才能真实地热爱社会；拥有豁达，我们才能保持积极健康的心态，做到乐观自信，宠辱不惊；拥有豁达，我们才能具有开阔坦荡的胸襟，做到大度包容，达观洒脱。我们要懂得珍爱时间和生命，珍爱工作和生活，珍爱亲人和朋友，珍爱我们的人民和祖国。我们要不断强健体格，砥砺意志，锤炼人格，陶冶性情，以豁达的心态直面人生的高潮与低谷，以宽容的性情对待人生的失落与坎坷，始终自信地去成就有意义、有价值、有创造的未来。

同学们，今年5月2日，在同中国农业大学师生代表座谈时，胡锦涛总书记殷切希望广大青年，把爱国主义作为始终高扬的光辉旗帜，把勤奋学习作为人生进步的重要阶梯，把深入实践作为成长成才的必由之路，把奉献社会作为不懈追求的优良品德。我希望同学们以此为圭臬，“自强、弘毅、求是、拓新”，像你们的学长那样，以学识和才智奉献社会，以精神和品格影响他人，使武汉大学因你们而更具魅力，更具风采！

最近，我在网上看到有位毕业生发的帖子，列出了“毕业之前应该在武大做的最后十件事”，其中包括再爬一次珞珈山，再去凌波门看一眼东湖，再去老图书馆上一次自习，再去梅园小操场看一场电影，再走一次樱花大道，再在教五楼前的草坪上放一次风筝，再在“国立武汉大学”的牌坊前留一张合影，再向自己最尊敬的老师说一声再见……几多欢愉、几多愁思，几多成功、几多挫折，几多别离、几多重逢，这一切都将深深地嵌入大家的记忆之中！

请同学们记住：珞珈山是每一个武大人永远的精神家园！希望同学们常回来看看！母校会永远关注你们，支持你们，欢迎你们！

最后，我衷心地祝愿同学们能唱响新时代的毕业歌，做好今日中国平凡之事，成就未来中华栋梁之才！

转变角色，开启人生新进程

——在武汉大学2009级新生开学典礼上的讲话

顾海良

（2009.9.10）

各位老师、各位同学，各位朋友、各位来宾：

大家上午好！

今天，我们相聚在梅园小操场，隆重举行2009级新生的开学典礼。今天也是全国第25个教师节。我提议，让我们一起向我们的老师们致以最诚挚的节日祝贺！

今年，武汉大学共招收本科生8038名、硕士研究生5908名、博士研究生1568名和来自世界90余个国家和地区的外国留学生729名。在此，请允许我代表全校师生员工，向所有的新生表示最热烈的欢迎，欢迎你们与我们一起开拓武汉大学发展的新天地；向所有的新生表示最衷心的祝贺，祝贺你们将在珞珈山麓开始你们人生的新进程！

武汉大学是一所具有悠久历史和优良传统的大学。武汉大学溯源于1893年湖广总督张之洞创办的自强学堂，是近代中国第一批国立综合大学之一，至今已有116年的历史。百余年来，武汉大学与国家、与民族共命运、同发展，历经坎坷，不断进取，凝练了“自强、弘毅、求是、拓新”的校训精神，谱写了中国现代高等教育历史的恢宏篇章。30多万珞珈英才从这里走向社会，成为国家发展、民族振兴和人类文明进步的中坚力量。

武汉大学是一所特色昭彰、充满生机的大学。在全面建设小康社会的历史进程中，武汉大学努力实践“创造、创新、创业”的“三创”教育理念，着力推进提高本科教育质量的“卓越工程”和提高研究生培养质量的“创新工程”，制定并实施提升科学研究和服务社会水平和能力的发展规划。在科学发展的新的历史起点上，武汉大学坚持尊重学者、崇尚学术、学科为重、学风求正、学生为本，努力办好人民满意的高等教育。我们与武汉大学同行，把建设国内外知名的高水平大学的宏伟目标，落实和实现在每一个武大学子成长成才的过程中！

武汉大学是一所环境优美、底蕴深厚的大学。校园依山傍水，集自然天成之英华；校舍错落有致，汇中外建筑之精粹。学校不仅自然风景优美，而且人文底蕴深厚，文化活动多姿多彩，学生社团灿若星辰，各类讲座异彩纷呈。优美的校园环境和丰富的校园文化融为一体，成为每一个学子唱响青春之歌、放飞青春梦想的理想天地！

我们相信，包括本科生、研究生和留学生在内的2009级16243名新生，珞珈山为你们提供了成长的沃土和施展才华的舞台，你们也将给珞珈山带来新的生机与活力。武大的传统需要你们去传承，武大的精神需要你们去弘扬，武大的未来需要你们去创造！

同学们，世界唯一不变的就是世界每天都在变。世界是如此，人生更是如此，特别是从高中生转变为大学生时，将会面临着学习方式、生活方式等一系列重要的变化。在此，我真切地希望大家尽快实现“三个转变”。

一是尽快实现学习方式的转变。大学与中学的学习方式和思维方式有很大的差别。如果说中学的学习注重于老师对课本知识的传授，侧重于知识的消化吸收，那么大学的学习则强调学习的自主性和研究性，追求学习的主动性和创造性。大学的学习实在是一个“博学之，审问之，慎思之，明辨之，笃行之”的过程。武汉大学为你们营造了自由、宽松和开放的学习氛围，希望你们在今后的学习中，勤于读书，善于思考，明于辨析，敢于怀疑，勇于实践，锐意创新，止于至善。

二是尽快实现生活方式的转变。大学开启了你们新的生活方式，你们中的许多人第一次离开家庭，离开父母和家人的庇护，开始了校园的集体生活。“天行健，君子以自强不息；地势坤，君子以厚德载物。”希望同学们能够尽快适应新的生活方式，自信、自尊、自重、自立、自强和自爱，发扬艰苦朴素的美德，保持乐观豁达的心态，培育坚韧不拔的意志，坚守诚实正直的品格，砥砺思想，升华人生。

三是尽快实现社会角色的转变。同学们考上武汉大学，可以算是同龄人中的佼佼者。今年全国有 1020 万学生参加高考，共录取 629 万人。包括武汉大学在内的全国名列前十位的著名高校共招约 6 万新生。你们从一千多万考生中脱颖而出，在全国六百多万大学新生中名列前茅。大学以其独特的社会流动方式，对人力资源进行有效的配置。你们应该成为未来的社会英才，承当起崇高的社会责任。特别是在共和国 60 华诞之际，更应该把今日的大学生活，与为实现国家的富强、人民的幸福、民族的振兴和人类文明的进步而奋斗的理想和信念紧密地连接起来！

今年，在以武汉大学为开端的首次“中华诵”进大学校园活动的筹划中，我提议将《诗经 · 卫风 · 木瓜》列入诵读的经典诗歌。《木瓜》唱道：“投我以木瓜，报之以琼琚。匪报也，永以为好也。投我以木桃，报之以琼瑶。匪报也，永以为好也。投我以木李，报之以琼玖。匪报也，永以为好也。”我之所以在

“诗三百”中钟情于这首小诗，是因为《木瓜》不仅是对爱情的抒发，也是对亲情、友情的追求；不仅是对感恩情感的流露，也是对和谐、和美、和善理想的追求。“匪报也，永以为好也”，何等简约而又何等深邃，至今仍然给我们以深刻的启迪。

我希望，我们能把爱国主义作为始终高扬的光辉旗帜，把奉献社会作为不懈追求的人生价值，与我们的祖国，与我们的社会，与我们的人民，“永以为好也”！

我希望，我们能把勤奋学习作为人生进步的必由之路，把尊敬师长作为大学生活的基本素养，与我们的学校，与我们的老师，“永以为好也”！

我希望，我们能把孝敬父母作为自立社会的基本品德，把珍视亲情作为自我修养的基本要求，与我们的家庭，与我们的亲友，“永以为好也”！

我希望，我们能把尊重同窗作为大学生活的基本要素，把乐于助人作为一生追求的生活原则，与我们的同学，与我们的朋友，“永以为好也”！

我希望，我们能把关爱生命作为激励人生的不竭力量，把热爱生活作为克难攻坚的重要阶梯，与我们自己的生活和生命，“永以为好也”！

谢谢大家！

未来属于你们

——在武汉大学2010届毕业生毕业典礼上的讲话

顾海良

（2010.6.22）

各位老师、各位同学，各位朋友、各位来宾：

大家上午好！

此时此刻，我同在场的所有同事们和朋友们一样，很高兴同你们——每一位毕业生一起，共同见证2010年毕业典礼，共同分享毕业典礼给我们大家带来的喜悦和欢庆。

我首先向今年顺利毕业的7602名本科生、4843名硕士生、1172名博士生和516名留学生表示衷心的祝贺！今天，当你们走出那古朴的“国立武汉大学”门楼时，你们就将承载着武汉大学更多的期待、牵挂和托付！

百年武大、苍茫珞珈，暑来寒往、春华秋实。你们最宝贵的青春年华在武汉大学度过，“自强、弘毅、求实、拓新”已沉淀于你们精神气质之中，成为你们生命的一部分，留下今生不能褪去的生命印迹。

“没有经过检验的生活是不值得留恋的。”你们在学校曾经获得过的成功、褒奖和真情，将成为你们人生旅途的无尽的力量和无穷的财富。你们在学校曾经遇到过的不快、怨艾和失望，此刻也应该以你们风轻云淡、轻柔和煦的心情去消解、去淡忘。由于学校学习、生活条件的限制和管理工作的疏漏而给你们曾经带来的诸多不便和不尽如人意之处，我作为校长，在此向你们表示深深的歉意。我希望，无论是过去的欢愉还是伤感，无论是过去的成就还是失意，都能像诗人所讲的那样："那些过往的事情，都将变成甜蜜的回忆。"

今年是武汉大学合校十周年，也是我来武汉大学工作的第十个年头。你们中有近 400 名同学从本科到硕士、到博士都是在武汉大学度过的，刚好也是十年。十年来，为了理想的武大、和谐的武大、卓越的武大，我们共谋发展，共克时艰，共同奋斗。作为武汉大学发展的缩影，这十年间，我们共培养了 70198 名本科生、37731 名硕士生和 8313 名博士生。回顾十年来学校的改革和发展、成长和进步，我们可以"十年和合，十年通变"加以概括。

"和合""通变"所蕴含的哲理和价值，不仅对于学校十年来和今后的改革和发展极有意义，而且对于我们每一个人修身、齐家乃至治国平天下都大有裨益。和者，和谐、和睦、和平、谦和之义也；合者，联合、合作、融通、协作之义也，"和合"联用，旨在阐发万事万物和谐默契、相异相成的本质关系。诸子百家，众说纷纭，但在"和合"诠释上却有少见的契合，无论是孔子的"君子和而不同，礼之用，和为贵"，庄子的"两者交通成和，而物生焉"，还是墨子的"兼相爱，交相利"，荀子的"天地合而万物生"，都强调"和合"乃世间万物平衡协调发展之源，是事物发展、产生新质之本，是大道运行之规律，也是人道政教的目标。"通变"的意蕴在于"通则不乏""变则可久"，重在通晓变化之理，讲求应时而动、顺势而为、适时而变，追求与时俱进、锐意改革、着力创新，基本精神就是强调"会通"与"运变"的统一。

"和合"和"通变"，与武大百余年历史所凝结的"自强、弘毅、求是、拓新”校训精神，有着精神上的赓续和理念上的相通。由此阐发开来，它们折射出一种和谐融通、顺时而变，志存高远、求真求新，刚健有为、自强不息的精神。“和合”和“通变”，应是我们今后为人、为事、为学所应秉持和弘扬的精神，也应成为各位毕业生走向社会、体验生活、追求事业所应秉持和弘扬的精神。

我希望你们能坚守理想，永远保持着对国家、对社会、对人民的忠诚与信念，这是新一代中国知识分子应该持有的一种生活境界。你们即将踏入的社会未必完美，未知之域充满着诸多的不确定性，我当然希望你们都能成为社会的栋梁，为国家的富强、人民的幸福、民族的振兴和人类的进步做出你们的贡献。但是在这之前，请正视你们生活中将面临的艰难和波折。你们从困厄和苦练中积累的人生阅历，将超过从书本中汲取的知识。经过风雨磨砺，你们的人生会变得更加丰盈、厚重和博大。要永远与国家同命运、与社会同生存、与人民同甘苦，勇敢地直面现实，积极地投身实践，乐观地迎接挑战。永远不要放弃你们的理想、激情和期冀，这是照亮人生成功之路的一盏明灯。

我希望你们能逐渐具备深邃的世界眼光和深刻的中国意识，拥有海纳百川的胸怀和熔铸百家的气度。当今世界正值大发展大变革大调整时期，人际的交流与思维的通达，知识的广博与文化的交融，以及战略意识、全球观念、开放胸怀的具备，对人的发展尤显重要。世界眼光必然与坚实的国家和民族意识相连接，要以把握时代主题与深谙中国国情为根基，深切地认识国家的历史传统、自然状况、发展水平、社会矛盾等阶段性特征。既要仰望星空，又要脚踏实地，要把阳光种进泥土；既要开拓进取，又要勇于创新，要把卓越付诸实际。在追求实现自我的同时，在处置国事家事时，永远不忘中国知识分子的良知和责任。“人总是要有点精神的”，我相信，从武汉大学走出的莘莘学子从来不缺乏这种精神。

我希望你们能永远包蕴平和、理性的品格，永远持有谦和、融通、平常之心，永远保持敏于感知、拒绝平庸、勇于创新的追求。这也是在社会中探求新知、在事业上奠定根基所应有的心境。你们要悦纳自我、珍重家庭，宽容他者、尊重他人，实现处事的通达、心灵的和谐和内心的安详，这其实也是担当社会责任、成就事业辉煌和度过平安人生的基点。走出校门的你们，不能徒具书本知识而缺乏洞彻世事、接人待物的能力，要能永远兼具人文精神与科学精神，勤于思考，乐于纳言，敢于怀疑，勇于探索。

我希望在你们的人生中永远不要丢弃先哲们提倡的“谨慎、公正、坚韧、节制”的美德。“谨慎”就是在洞察情势后做出明智选择；“公正”包含公平、诚实和信守诺言之义；“坚韧”特别表现在逆境中的坚守与执著；“节制”凸显慎独，要约束身心，抵住诱惑。只有坚持这些美德，拥有这些情怀，才能陶冶性情，锤炼人格，砥砺人生，才能不断迈向生活的新的境界。

青春如舞，岁月如歌。珞珈山几载生动的故事已经结束，这些故事会永远留在你们的记忆中，成为你们往后毕业纪念日团聚时回味的话题；现在整个世界已经实实在在地展现在你们的面前，未来属于你们，更精彩的人生故事等待你们续写，百年学府的辉煌也等待你们增添更加绚丽的色彩！

我为你们祝福，我们为你们祝福，武汉大学永远地为你们祝福！

谢谢大家。

勇于超越，止于至善

——在武汉大学2010级新生开学典礼上的讲话

顾海良

（2010.9.10）

各位老师、各位同学、各位朋友、各位家长、各位来宾：

大家上午好！今天是全国第26个教师节，我首先向老师们致以教师节最衷心的祝贺！

今天也是武汉大学的重大节日，我们隆重举行2010级新生开学典礼。来自全国各地的8282名本科生、6142名硕士研究生和1571名博士研究生，以及来自世界100余个国家和地区的687名外国留学生齐聚东湖之滨、珞珈山下，共同开启新的大学生活。在此，我代表全校师生员工，对各位新同学的到来表示最热烈的欢迎，欢迎你们成为我们大家庭的新的成员！也对各位家长表示诚挚的谢意，感谢大家对武汉大学的信任！

跨越三个世纪的武汉大学，与中国百余年来革命、建设和改革的时代变迁同步，在中国近现代高等教育历史发展中留下了我们的华彩乐章。世代演变、日新月异，在长期的办学过程中，武汉大学积淀了厚重的学术底蕴和深邃的人文精神，形成了“尊重学者、崇尚学术”的办学传统和“创造、创新、创业”的教育理念，育化了优良的“自强、弘毅、求是、拓新”的校风学风。一代代武大人经历了百年风雨中的艰辛与辉煌，赓续着追求卓越中的成功与梦想。武汉大学共培养了遍布海内外的近40万名各类英才，为国家富强、社会发展、民族振兴和人民幸福，为人类文明进步做出了重要的贡献。

进入21世纪，四校合并的新武汉大学办学定位科学，发展目标明确，在继承中发展，在创新中前进，学科门类更加齐全，学科特色愈加凸显，人才培养质量逐步提升，综合实力和核心竞争力不断增强，特别是在建设综合性、研究型和国际化的高水平大学，推动学者、学科、学术、学风、学生的协调发展方面，更显示了蓬勃生机，取得了显著绩效。纵览这十年来武汉大学改革、发展和创新的过程，我们可以“十年和合，十年通变”加以概括。“和合”“通变”是初见于《易经》的古老思想，经中国文化数千年的流传和嬗进，至今仍熠熠生辉。“和合故能谐。”“和”意在和谐、和平、谦和也；“合”意在联合、融通、协作也。“一阖一辟谓之变，往来不穷谓之通。”“通变”的意蕴在于“通则不乏”“变则可久”，重在通晓变化之理，讲求应时而动、顺势而为、适时而变，强调“会通”与“运变”的统一，追求与时俱进、锐意改革、着力创新。“和合”和“通变”，与百年武大有着精神上的相续和理念上的相通。由此阐发开来，“和合”和“通变”折射出一种和谐融通、顺时而变，志存高远、求真求新，刚健有为、自强不息的武大精神。“和合”和“通变”，应成为我们为人、为学、为事所秉持和弘扬的精神。

两年前的今天，也是在这个梅园小操场，来自江苏如皋的新生赵小亭和2008级同学一起参加了像今天这样的开学典礼，开始了自己美好的大学生活。但就在一个多月前，赴贵州山区支教的赵小亭，在穿越一段山路时不幸被滚落的石头击中，20岁的年轻生命永远离我们而去。赵小亭曾是珞珈山下的普通一员，在老师和同学们的眼中，她品德高尚，勤学好问，乐于助人，爱唱爱跳爱漂亮；她在入学军训期间就提出了加入中国共产党的申请，并成为年级中第一批预备党员；她言语平直，为人平实，行事平常，本着“我想去帮帮他们”的朴素愿望，两度利用暑假，先后赴湖南新邵和贵州贵定的农村支教。赵小亭同学是武汉大学五万学子的杰出代表，她坚信“人要做自己的阳光，像向日葵一样，保持向上的姿势”，将学校对学生培养的外在要求升华为自身成长的内在需要，将志愿者的人生经历升华为大学生的人生理想，将对社会弱势的同情升华为对社会发展的责任。赵小亭同学用自己短暂而闪光的生命，向人们展示了“90后”新一代大学生健康向上、敢于担当、富有责任、无私奉献的精神风貌，带给我们无尽的追思、温暖与感动。

赵小亭同学的生命留在了苗岭大山间，她的精神将永远留在武汉大学，留在润育她成长的珞珈山水之中。这一方钟灵毓秀的山水，滋养着一代代珞珈儿女，身处其中的赵小亭同学曾由衷地感怀：“我很为我是一名武汉大学的学生自豪！”我希望2010级新同学们能秉承和弘扬百余年武大凝结的大学精神，感受以赵小亭同学为代表的新一代大学生的时代精神，传递赵小亭同学未竟的事业和梦想，如赵小亭同学所言：“经过大学里面的磨练，我们的思想会愈加成熟，并将指导我们一生。”

走进武汉大学，我们将共同创造新的生活，寻求新的优秀。生活是一种磨练，优秀是一种习惯。我相信，同学们一定能经受这种磨练，玉成这种习惯。

希望同学们能够将适应新环境与转变学习方式连接起来，独立自主，自由发展。要勇敢地做自己的主人，正确认识自我，调节自我，严于律已，宽以待人，尽快融入新的群体；要学会自主学习，自主选择，树立不断探究、大胆质疑的批判精神；要善于自我管理，自我设计，既要千里之行、始于足下，又要起步现实、瞻望未来，规划好一生中最美好的大学生活。

希望同学们能够将社会对人才的多样化需求与个人的全面成长成才连接起来，知行合一，全面发展。大学生活是宽松自由的，更是丰富多元的。在大学，同学们不仅要努力利用课堂学习，获取各种专业知识和技能，而且要踊跃参加校园文化活动，陶冶情操，增长才干，还要勇于投身社会实践，接触了解国事民瘼，开阔世界眼光，升华思想，锤炼意志。在武汉大学这所自由而开放的校园里，希望你们能够真正做到文理交融，内外兼修，“博观而约取，厚积而薄发”，赢得更为广阔的发展空间。

希望同学们能够将实现个人理想与勇于担当社会责任连接起来，热爱祖国，服务人民。责任，不是一个抽象的概念。它是潜心为学中的寂寞与坚守，也是追求真理时的无畏与执著；它是对中国国情的深刻把握，也是对世界大势的透彻理解；它是激发创造发明的奇思妙想，也是深入民众帮助弱势的点滴行动；它是无私奉献时的坚毅，也是祖国需要时的勇敢……对于社会责任的担当，会使我们追寻梦想的脚步更加坚实，会使我们的生活更加充实，会使我们的人生价值更有意义。

希望同学们能够将提高能力素质与提升人生境界连接起来，砥砺思想，完善品格。大学是品格和意志的熔炉，追求真知与加强修养并重是武汉大学的优良传统。“夫君子之行，静以修身，俭以养德，非淡泊无以明志，非宁静无以致远”，要学会“慎独”自省，摒弃浮躁和轻狂，保持澄澈明净的心境；要坚持勤俭节约，拒绝奢侈虚荣，保持艰苦朴素的本色；要与人为善，诚实守信，培养乐群贵和的精神；要豁达乐观，遇挫弥坚，培育坚韧不拔的意志；要强健体魄，悦纳自我，保持身心的和谐发展；要热爱自然，敬畏生命，怀着感恩的情怀去拥有，去付出。

同学们，生活的成功将由你们铸就，优秀的业绩将由你们创造。在武汉大学未来的日子里，让我们不断地求真、求实、求新、求善、求美，共同努力、不畏艰辛，勇于超越，止于至善！

谢谢大家。

李晓红 校长

李晓红，汉族，重庆合川人，1959 年 6 月出生，研究生学历，博士学位。1983 年 3 月加入中国共产党，1985 年 4 月参加工作。矿山安全技术专家，中国工程院院士，教授、博士生导师。2010 年 12 月至 2016 年 11 月任武汉大学校长。现任中国工程院党组书记、院长。

顶天立地

关爱　关注　期盼

——在武汉大学2011届毕业生毕业典礼上的讲话

李晓红

（2011.6.22）

尊敬的各位老师、亲爱的同学们：

江城雨霁，珞珈山翠；百年武大，英才集汇。今天，学校在梅园小操场隆重聚会，为2011届毕业生举行期盼已久的毕业典礼暨学位授予仪式。这是同学们的盛大节日！我代表学校，向今年毕业的1.4万余名同学表示最热烈的祝贺！同时，我也要向所有关心、支持和帮助同学们成长成才的父母和师长，致以最诚挚的感谢！

同学们，你们即将离开母校，奔赴新的征程。我想告诉大家，你们青春年华里的点点滴滴，母校都在默默见证。我们不会忘记：林荫道上有你们奔赴课堂时匆匆的脚步，运动场上有你们奔跑腾跃的身影，高端讲座现场有你们对话权威的风采，图书馆里有你们孜孜以求的执着；你们在樱花城堡里指点江山，你们在“珞珈山水”上激扬文字，你们为农村留守儿童“种太阳”，你们在大山里建“魔法教室”；你们中既有在国际大学群英辩论会中夺冠的巧辩能手，又有获得多项国家专利的发明达人，还有手握多个国际名校 offer 的闯关牛人……你们是武大的骄傲，是学校永葆青春活力的源泉。你们成长过程中的点滴印迹都值得母校珍藏，每一个平凡的故事都值得喝彩！今天我要说：武大学子们，你们非常给力！

同学们，你们是我来武大后送出的第一批毕业生，在你们毕业之际，我用六个字来表达对你们的情感和希望：关爱、关注、期盼。

首先是关爱。同学们在校时，学校始终以学生为本，努力做到全方位的关爱！作为老师，关爱学生是天职！学生是大学的立校之本，是大学的主体和中心。因此，同学们永远是我们关注的焦点，工作的重心！虽然我本人与大家相处的时间显得短暂，但我们曾在湖滨食堂共进午餐，曾在生科院报告厅面对面探讨学校的发展，曾在“珞珈山水”BBS 上一起商讨如何举办今年的毕业典礼。虽然，你们与我合影的神情还有些腼腆，但我的心情与你们一样激动、雀跃，我不仅喜欢远远地欣赏你们，更愿意近距离地亲近你们。虽然，我还没有完全读懂武大，但我总在努力了解同学们的期盼；我希望用切实的行动，关爱每一位同学的成长成才，让每一个离开珞珈山的学子，能够永远铭记在校时许许多多美好而温暖的瞬间！

同学们，你们虽然身处中国最美丽的大学校园，生活学习中也有诸多不尽如人意的地方：美丽的樱花给大家带来了困扰，各种合理的诉求不一定都得到了满足，工学部学生食堂才刚刚完成改扩建，热水才刚刚进入学生宿舍，穿行校园的汽车阻塞了校内道路，等等等等。爱之深，责之切，种种不足和缺憾，对于即将毕业的同学们来说，是往事已成浮云，但对于学校来说，你们的每一条批评和建议，哪怕是牢骚和抱怨，都将成为我们工作中非常有价值的意见；你们的宽容与理解，更是给了我们极大的支持和鼓励。在此，对于我们工作中的不足，我要对同学们说一声：对不起！对于同学们的理解与支持，我要说一声：谢谢你们！

其次是关注。当同学们离别母校之后，我们将继续关注你们前行，并且给予永远的支持！同学们，挥别珞珈，你们就自动拥有一个终身的头衔——武汉大学校友。无论你们走多远，无论时间过多久，母校都会永远地关注你们：关注你们的学习，关注你们的工作，关注你们的生活，关注你们的事业，关注你们的家庭，关注你们的喜怒哀乐、一点一滴……我希望，在母校关注的目光中，各位同学都能走好人生之路，让母校引以为傲、引以为荣！

母校强，则校友兴；校友兴，则母校强！无论你们走到天涯或是海角，母校将陪伴你们一路前行；无论是成功还是失落，母校随时等候你们倾诉衷肠；无论你们身处何方、身居何位，母校都是你们坚强的后盾！请记住，珞珈山永远是校友们的精神家园！我们会在这里一直守候，欢迎你们常回家看看！

最后是期盼。期盼每一位毕业生都能建功立业！期盼大家与母校共兴共荣！在这里，我给大家讲一位胸怀大志、敢为人先的校友的故事。在珞珈山顶，有块石头上面刻了一个大大的“始”字，这是一位校友在 1983 年 6 月毕业前夕，专门找石匠学了一把手艺后，花了 3 天时间刻下的，寓意“千里之行，始于足下”。这位校友就是我校第三届杰出校友——陈东升。大学期间，陈东升发起成立了蟾蜍社，蟾蜍就是癞蛤蟆，别人都说癞蛤蟆吃不了天鹅肉，他偏不信，就是要做出别人做不到的事情。毕业后，他创建了中国第一家具有国际概念的嘉德拍卖公司；之后又创办了泰康人寿，并且在保险业界创造了多项第一！两个星期前，陈东升回母校参加艺术博物馆的捐建签字仪式时，我陪他上珞珈山去寻找旧迹，28 年过去了，那块大石头还在那里，“始”字依然清晰。当然，我倒不鼓励同学们离校前都去刻石头。“造端倡始”，我希望同学们在毕业之际，追溯陈东升的创业经历，品味“始”的深义，思考未来的人生。

今天，我们还邀请了一位校友来参加毕业典礼，她的故事同样精彩、绚丽。她在大学期间创作了小说《女大学生宿舍》，后又改编为同名电影并在武大校园内拍摄，这部电影获得了中国电影华表奖。后来，她创办了《领导者》杂志和共识网，在高端人群中被公认为最好的杂志和最好的思想性网站之一。而她的诗作《武大的树》，更是令众多武大人为之感叹！她就是我校第六届杰出校友——喻杉！

同学们，有优秀的校友做表率，有深情宽厚的母校做后盾，你们今后的路将会更加宽广，你们的人生将会更加灿烂！武汉大学要建设中国特色、世界一流、国际知名的高水平大学，要成为“顶天立地”的大学，武大的学生也要成为“顶天立地”的人。古人云：“一屋不扫，何以扫天下。”我要说：“一心只想扫屋子的人，永远扫不了天下！”我期盼武大的毕业生，既能踏踏实实地“立地”“扫屋子”，更有“顶天”的远大志向，树立起“扫天下”的豪气和雄心，成为未来社会的中坚力量。武大 118 年的历史造就了一大批卓有建树的革命家、科学家、理论家、艺术家、企业家……如今，我期盼每一位武大学子都能够闯出大事业，成就真英雄，让 10 年、20 年、30 年之后的杰出人士中有更多的武大人！

同学们，再过 2 年，也就是 2013 年，武汉大学将迎来建校 120 周年。届时学校将隆重举行校庆活动，我热切期待着你们重返母校，聚首珞珈。到那时，母校的变化一定会令你们惊喜：新扩建的图书馆、盼望已久的八一路下穿通道、花园般的杨家湾、现代化的大学生创新实践中心、典雅的博物馆和校史馆、高大雄伟的双湖大楼和星湖大楼等，大家的母校必将越来越美，越来越强！

最后，我用武汉大学校歌中的一句话为大家壮行：扬帆长江，奔向海洋；今朝多磨砺，明日做栋梁！

同学们，祝大家人生美满，前途无量！

求真　求知　求新

——在武汉大学2011级新生开学典礼上的讲话

李晓红

（2011.9.8）

亲爱的同学们、尊敬的老师们、各位嘉宾：

今天我们在这里集会，隆重举行武汉大学2011级新生开学典礼！在此，我代表全校师生员工，对来自祖国各地和世界各地的新同学表示最热烈的欢迎！

33年前，我也梦想过报考武汉大学，梦想成为武大人，但是这一梦想直到去年底才得以实现，所以我也是一名新武大人。当大家背着行囊第一次迈进“国立武汉大学”校门，当大家手持校园卡第一次到食堂就餐，当大家搬着小板凳第一次汇集于梅园小操场，我相信，同学们已经真切地感受到了成为武大人的喜悦与骄傲！

那么，武汉大学是一所什么样的大学呢？武汉大学是中国近现代高等教育的发祥地之一，她发轫于1893年湖广总督张之洞创办的自强学堂，已走过了118年的风雨历程。在这个学术殿堂里，一代代仁人志士、大师鸿儒、莘莘学子，他们筚路蓝缕，捧土培根，众心向善，蔚为国用，不仅造就了秀美迷人的武大、人才辈出的武大，而且孕育和积淀了武汉大学的精神，成为武大得以永葆青春活力的源泉和让武大人永远骄傲的宝贵财富！来到这样一所优秀的大学，同学们最应该做的，就是触摸武大的灵魂，熔铸武大的精神，培育武大的气质，刻上武大的烙印，努力使自己成为一名合格的、杰出的武大人！

同学们，你们是我来武大后迎接的第一届新生。两个多月前，也是在这里，我送走了我来武大后的第一届毕业生，当时我给毕业生讲了六个字：关爱、关注、期盼。今天，我也送给各位新同学六个字：求真、求知、求新。

首先是求真。1932 年，国立武汉大学珞珈山新校舍落成，时任校长王世杰先生豪迈地宣称："请大家看我们所走的路是不是中华民族的出路！是不是人类向上的路!"武汉大学的先辈们素来有着高远的理想，始终将自身的追求与科学真理，与国家民族的命运紧密地结合在一起。这是一所大学最可贵的品格。

李达先生是中国共产党的创始人之一，著名的马克思主义哲学家、理论家、教育家，他担任武汉大学校长长达 14 年。在"左倾"风、浮夸风盛行之时，他坚持用马克思主义的基本原则和思想方法看待并处理问题，以科学的态度和大无畏的精神捍卫真理。他坚决反对"人有多大胆，地有多高产"的谬论和"顶峰论"，为此，他付出了生命的代价。老校长陶德麟教授秉承李达先生的学术精神，在 20 世纪"真理标准大讨论"中透彻地批驳了"两个凡是"，强有力地捍卫了"实践是检验真理的唯一标准"这一马克思主义哲学的基本原则。崇尚学术、献身真理，这就是武汉大学的精神！

中南医院的桂希恩教授以医生的良知和责任，拉响了艾滋病在中国大地蔓延的警报。他曾经数十次下到农村调查艾滋病疫情，并多方奔走，争取国内外对艾滋病患者、孤儿的资助；为证明日常生活中的接触不会传染艾滋病，他将艾滋病人接到自己家中，与他们同吃同住，用博大的爱心医治患者，抚慰饱受病痛折磨的灵魂。他的事迹不仅感动了中国，也感动了世界。人们说：桂教授五年做的事，可以影响中国五百年。追求真知、造福社会，这就是武汉大学的精神！

其次是求知。大学是知识的殿堂。“求知在武大，成才在珞珈”，武汉大学以优良的学风享誉天下。板凳坐得十年冷，文章不著一字空。无数学术大师呕心沥血、孜孜不倦地追求新知，使得珞珈山不仅富有诗情画意，更蕴藏着深厚的学问。

黄侃先生是20世纪前期与章太炎、刘师培齐名的国学大师，“章黄学派”的创始人之一。黄侃曾任教于武汉大学的前身——武昌高等师范，他治学一丝不苟，每日不管白天如何劳累，晚上照常坚持鸡叫才就寝，从不因人、事、贫困或疾病而改变，临终前他一面吐血、一面坚持圈点批校自己的书稿《唐文粹补遗》，在汉语音韵史上立下了一座划时代的里程碑。宗福邦教授带领的研究团队从1985年开始潜心研究，历经18个寒暑，编撰出版了大型汉语工具书《故训汇纂》。这部书与《辞海》《辞源》《汉语大字典》《汉语大词典》并列为汉语辞书五部代表作，被誉为“训诂学界一大盛事”。潜心为学、宁静致远，这就是武汉大学的精神！

最后是求新。创新是推动民族进步和社会发展的不竭动力，而大学则是创新的沃土，是求新者的乐园。武大人一直敢为天下先，坚持走在创新发展的前列。

“珞珈有凤常先鸣。”著名数学家华蘅芳、华世芳教授早在自强学堂时期就编撰出了将中西算学结合起来的第一部数学教材；李国平院士不仅是我国函数论研究的主要奠基人之一，也是我国数学物理研究的开拓者，还倡导并推进了我国系统科学与计算机科学的发展；中华人民共和国成立后，高尚荫院士创立了中国病毒学学科；吴于廑教授创新了世界史研究方法，倡导并创立了“整体世界史观”；张瑞瑾教授、谢鉴衡院士多年坚持河流泥沙的前沿探索，为我国水电工程建设提出了影响深远的思想方法和工程模型；王之卓院士早在20世纪70年代就在国际上率先提出发展“数字摄影测量”，并提出了空中三角测量理论，对中国航测事业起到了奠基作用。敢为人先，勇于创新，这就是武汉大学的精神！

求真、求知、求新，这是武大精神的内在要求，但还不是武大精神内涵的全部。在未来的日子里，同学们将会细细地体味武汉大学的山与水、楼与阁、花与树、人与事。我们会发现一个美丽浪漫的武大，一个学术自由的武大，一个开放包容的武大，一个勇于担当的武大……大学精神虽然无形，但却是永恒的，这也正是一所大学经久不衰的独特魅力和生命之所在。正是一代代武大学人的耕耘、涵育，正是一代代武大学子的承继、弘扬，珞珈之山东湖之水的“精、气、神”才得以生生不息、滋兰养蕙。

同学们，你们作为新的武大人，有责任、有义务传承并发扬武大精神。我衷心希望你们：

不仅要有丰富的知识和高超的专业技能，还要有健全的人格和健康的体魄；

不仅要积淀深厚的人文底蕴和科学素养，还要发展对于未知事物的好奇心与探索欲，培养质疑、批判与独立思考的能力；

不仅要具有创造、创新、创业的精神和能力，还要树立全球视野与全球思维，培养参与国际竞争的意识和能力；

不仅要树立“顶天”的壮志与豪情，还要具有“立地”的踏实与坚韧。

总之，我希望同学们在校期间立大志、得大观，期盼同学们毕业之后创大业、成大事，成为能够担纲未来社会责任的领军人物。

早在1929年，老校长王世杰先生就曾经提出：“武汉大学要能履行新的使命，担起文化中枢的责任。”武大118年的发展历程，正是不断追逐这一梦想、逐步实现这一梦想的历程。我也有一个梦想：通过我们今天、明天的不懈努力，到2043年建校150周年之时，将武汉大学建设成为一所大师云集、精英荟萃、人文思想与科技成果交相辉映的大学，成为一所不仅能推动中华民族伟大复兴，而且为人类社会进步做出巨大贡献的世界一流大学，使“武汉大学”的名字闪耀在世界著名大学排行榜上！

同学们，你们在学校宋卿体育馆旁的鲲鹏雕塑上，会看到镌刻着的武大人的梦想与追求，那就是："北冥深广，鲲翼垂天；云搏九万，水击三千。"让我们携起手来，一起为梦想而努力奋斗！谢谢大家！

用积极的心态点亮未来

——在武汉大学2012届毕业生毕业典礼上的讲话

李晓红

（2012.6.25）

亲爱的同学们：

大家早上好！

六月江城，皇皇武大，万方学子，齐聚珞珈。今天我们在这里隆重集会，举行2012届本科生和研究生毕业典礼。这是学校最重要的节日，也是同学们最值得纪念的日子。在此，我谨代表学校，向所有2012届毕业生表示最热烈的祝贺！向所有为同学们成才辛勤付出的亲人、师长和朋友致以崇高的敬意和衷心的感谢！

“东湖之滨，珞珈山上，这是我们亲爱的学堂。”刚才播放的视频记载了你们在武大的心路历程。四季美景如画，青春如花绽放。你们到讲座现场抢座位，在网上“秒杀”选修课；你们在金秋艺术节各显身手，在运动会上挥洒激情；你们体验了新图书馆的博大与雅致，感受到无线校园的时尚与便捷；你们承受了樱花时节的拥挤，目睹了暴雨过后的“海景”；你们为学校评上五位院士而欢呼，为校友踊跃捐赠而振奋；你们用亲情感动中国，用青春诠释人生。你们是武大进步的亲历者，是推动学校发展的重要力量！作为校长，我能感受到你们的智慧与勤奋，体会到你们的苦与乐，你们是学校最宝贵的财富，我为你们感到自豪和骄傲！

同学们，你们即将走出校门，踏入社会，此时此刻，你们的心中一定牵挂着未来，你们一定在思考未来的路应该如何走。作为校长和老师，我也在思考，思考应该送你们什么样的寄语。我思考再三，想用一个小故事来道出我对你们的离别赠言。

1989年我在美国学习时，我的房东是一位70多岁的老人，他曾参加过第二次世界大战，有着丰富的经历。每天早晨碰到我，他都会笑容满面地和我打招呼：Today is a good day！他说：不论天气好坏、境遇好坏，我们都要告诉自己——Today is a good day，今天是个美好的日子。这会给自己积极的心理暗示，带来好心情，好状态，好运气！20多年里，我一直记着这句话，它使我对每一天都充满美好的向往，用积极的心态去处理各种复杂的事情。我深深地感受到：在这个世界上，真正能够把握我们心灵的，只有自己；健康、快乐、成功、幸福与否，很大程度上都取决于我们是否具有积极的心态。因此，我把这位美国老人送给我的话，作为离别赠言转送给你们，那就是，Today is a good day，今天是个美好的日子，从今天开始，用积极的心态点亮自己的未来！

面对未来，你们要用积极的心态去担当社会责任。今天的世界，有诸多难题需要你们去求解；祖国的发展，迫切期待着你们去担当。在人们眼里，作为“80后”“90后”的你们，是“小康一代”“网络一代”“玻璃一代”，你们身上被贴了很多标签。但我知道，作为新一代的大学生，你们其实有着很强的责任意识，无论是对社会、对国家，还是对自己、对亲友，你们用切实的行动诠释着责任、关爱与奉献。到山区支教的赵小亭如果还活着，她现在应该和大家一起，在这里庆祝自己的毕业，在她身后，成百上千的“小亭”从珞珈山出发，奔赴志愿服务第一线；中国大学生十大年度人物黄碧海用爱唤醒了“植物人”母亲，充分体现出对亲人的责任和对中华传统美德的传承；大学生“学雷锋小组”接力棒，已在同学们手中传递了24年，传递的是可贵的担当和奉献……因此，我毫不怀疑你们的责任与担当意识，毫不怀疑你们创造美好未来的能力。谁说你们是靠不住的一代？你们将是未来中国的脊梁！我相信：就像给人类带来福祉的普罗米修斯那样，你们的积极作为和勇于担当，就是未来的希望与阳光所在！

面对未来，你们要用积极的心态去追逐梦想。拥有积极的心态，能让我们在梦想的追逐中永葆激情。过去的日子里，也许你没有参加学校的辩论队、合唱团或者“Forward”团队，也许没有机会代表武大摘得国际大赛的最高荣誉；也许你没有像获得全国青少年科技创新奖，就坐在你们中间的博士毕业生刘超一样，潜心于化学研究，2篇论文发表于国际权威期刊；也许你没有像动机学院的“中国大学生自强之星”，就坐在你们中间的本科毕业生梁龙双那样，热衷发明创造，获得了27项国家专利；也许你没有像国际软件学院硕士毕业生，就坐在你们中间的曹祺一样，成为创业明星，研发的手机办公软件向全球推广，创办的公司资产估值高达数千万元……但我知道，你们都曾怀揣着自己的梦想，奔走在实验室、图书馆、社会实践或者公益服务的路上。当你们离开宁静、自由和宽松的大学校园，不断刷新的流行元素会让人目不暇接，多元的价值观念会让人无所适从，你们要以积极而平和的心态去实现自己的梦想，保持淡定，辨认和听从自己内心的声音，要不因成功而浮躁，不因诱惑而动摇，不因误解而苦闷，不因失败而放弃。我相信：对梦想的憧憬与坚守，会让我们充满前行的动力；对梦想的孜孜追求，会让我们收获富有意义的人生。有梦想就有希望，有希望就有未来！

面对未来，你们要用积极的心态去改变世界。积极的心态能够给我们强大的力量。乔布斯以自己的人生践行了“活着就是为了改变世界”的宣言。在我们武大校友之中，也有很多“乔布斯”。去年毕业典礼上，我讲述了一个乔布斯式的人物，他就是杰出校友、泰康人寿创始人陈东升，他今天已来到毕业典礼现场，他的故事等会儿由他自己来讲述。今天，我想讲另外一个乔布斯的崇拜者和效仿者，人称“雷布斯”的金山软件董事长、小米科技董事长雷军。他是计算机学院87级的学生、杰出校友。大学时代的他，爱学习，爱梦想，爱打拼，仅用了两年的时间就修完了所有的学分。他曾经有过以失败告终的大学创业经历。大一那年，他在图书馆里看了乔布斯的传记，点燃了自己的人生梦想。毕业后的20年里，他参与创办了金山软件、卓越网，投资了乐讯、乐淘、拉卡拉等十多家初创公司，催生了互联网行业的一批知名企业。在人们看来，功成名就的雷军可以就此止步了。但就在两年前，他毅然选择了第二次创业，创办小米科技，于是就有了这两年风靡网络的“米聊”和小米手机。雷军崇拜效仿乔布斯的“极致追求”，因此建立了自己的梦想王国。有了这种勇于改变世界的精神，有了这种敢想敢做的气魄，谁敢说：昨天的乔布斯，今天的雷军，不会是明天追梦的你们？我相信，今天的你们，就是明天的“乔布斯”和“雷军”！今天的你们，就是改变世界、创造奇迹的精英！

积极的心态，可以理解为一种积极的思维模式，也可以理解为一种充满智慧的理性选择。积极的心态，集中于个人身上，体现的是一种品格；汇聚于一个集体，体现的是一种风尚；传递于一个民族，体现的是一种精神。我们不妨学学那位70多岁的美国老人，每天早晨告诉自己“Today is a good day”，让积极的心态点亮我们的未来！

同学们，人生新的征程就要开始，你们一路的行装是否清点完毕？你们的“珞珈慢递”——“写给自己未来的信”，是否已经寄出？从大学校园进入现实社会，你们将面临不同的社会环境和压力，就像曾经热传于网络的那组“人生压力图”，每个人都可以找到自己的影子。你们要改变对待压力的态度，变压力为动力。我衷心地希望你们，调整好心态，装点起智慧与激情，携带着母校的期盼与祝福，豪迈地出发吧！去勇敢地担当责任，去执着地追求梦想，去积极地改变世界，去开创属于你们的幸福人生！

带走武大之精神，传播五洲之大地，树我珞珈之灵魂，扬我武大之威名。祝你们一切尽如心意，望你们常回家看看。

谢谢！

做顶天立地的武大人

——在武汉大学2012级新生开学典礼上的讲话

李晓红

（2012.9.6）

亲爱的2012级同学们：

大家早上好！

今天，珞珈山彩旗飘飘，喜气洋洋，我们以最隆重的方式，欢迎各位新同学的到来！从现在起，不管大家来自何方，我们都有一个共同的身份——武大人，这是一个值得珍爱一生、骄傲一世的光荣称谓！珞珈山是英才汇聚的福地，是成长成才的沃土，你们将在这儿度过美好的青春时光。在此，我代表全校教职员工，向各位新同学表示衷心的祝贺和热烈的欢迎！

走进武大，你们感受的是一所既厚重古朴，又青春飞扬的大学。作为近代中国第一批国立综合性大学，武汉大学自1893年诞生以来，始终与祖国荣辱与共，为民族的振兴和国家现代化建设倾心奉献；始终与求知青年风雨同舟，成为青年学者积累知识、丰富人生、提升境界的沃土。这是一所名师荟萃、实力雄厚的大学，一大批名师大家、优秀学人曾在这里砥砺学术，传播真理，探索新知，创造奇迹。这是一所崇尚自由、追求卓越的大学，一流的教育资源，先进的教育制度，为同学们丰富知识、多元选择、自主发展、放飞梦想提供了良好的条件。这是一所依山傍水、美丽浪漫的大学，“珞珈之山，东湖之水，山高水长，流风甚美”。生活在山水之间，可以陶冶性情，可以激发灵感，可以诗意栖居。这里的空气弥漫着人文的芬芳，蕴藏着独特的“精气神”，崇尚学术、追求真知、潜心为学、敢为人先、造福社会，是武汉大学百折不挠、历久弥新的精神动力！

在这里，同学们即将开始丰富多彩的求学生涯，开启充满希望的探索之旅。此时，作为校长，作为武大人，我希望大家感触武大的灵魂，熔铸武大的精神，培育武大的气质，镌刻武大的烙印，做一个顶天立地的武大人！

第一，做一个心胸宽阔、昂扬向上的武大人。同学们在学校要独立面对生活中的酸甜苦辣，心智的成熟、身心的健康，积极的心态、坚强的意志，是学习生活的必备素质。两个多月前，也是在这里，我在2012届毕业生毕业典礼上，将我留学时一位70多岁美国老人送给我的话转赠给了毕业生：就是要永远对自己说，Today is a good day（今天是个美好的日子）！今天我把这句话也转赠给你们，希望大家用积极的心态点亮自己的未来！人们常说：心态决定行动和际遇。我们不能改变压力，但能改变对待压力的态度；我们不能消灭压力，但可以教会自己去享受它。不管遇到多大的风浪，不管遭受何等的困厄，都要坚定地昂首前行。你们的学长——计算机学院的张五州，家境贫寒，靠奖学金和兼职维持生活，进校后屡屡碰壁，因各种原因，先后被院学生会、校学生会和多个社团拒绝加入，为此还大病两个月，但他坚持勤奋学习，连续多个学期综合成绩年级第一，多次获得各种奖学金，并获得全国信息安全大赛二等奖、全国大学生数学建模竞赛湖北省一等奖，毕业时拿到世界一流大学——美国杜克大学的全额奖学金，他昂首走出去了。自强弘毅，坚韧不拔，这就是武大人的精神品格！

第二，做一个追求真知、求是拓新的武大人。英国哲学家怀特海曾经这样诠释教育：教育就是把课堂上学的内容、考场上考的内容都忘掉后剩下来的东西。在我看来，那“剩下来的东西”不仅是一种思考的习惯、一种智慧的眼光，更是一种创新的精神。武大人历来不乏这种创新的精神：它不仅在李国平院士、高尚荫院士、谢鉴衡院士、王之卓院士、吴于廑教授、韩德培教授等大批武大学术大师身上得到体现，而且在创下诸多“中国第一”的武大校友身上也得到体现：第一座核电站的总设计师欧阳予，第一台联合收割机的设计者马骥，第一位卫星测轨专家周炜，第一台大型电子计算机的技术总负责人张效祥，第一家民营保险公司泰康人寿的创立者陈东升，他们都是以“武大人”这个光荣的称谓创造了奇迹。今日的武大，有鼓励“创造、创新、创业”的良好氛围，有学分制、主辅修制、双学位制等自主学习的弹性机制，有“弘毅学堂”、各类基地班与实验班等培育拔尖人才的肥沃土壤。我希望同学们，在严谨为学、追求真知的同时，勤于独立思考，敢于打破常规，勇于质疑定论和超越前人，为未来积蓄新的力量。把专业做到一流境界，把创新做到国际水准，这就是武大人的学业水平！

第三，做一个情趣广泛、智慧博雅的武大人。大学不仅是知识的传授，更是一种精神与文化的传承；正如孔子所言，“君子博学于文，约之以礼”，大学所培养的“人”，不仅仅是一个“职业人”，更应该是一个全面发展的人，一个人格完善的人，一个智慧博雅的人。武汉大学从建校之初就强调综合性，大校门背面刻下的“文法理工农医”六个字就是老一辈武大人对学科综合发展追求的见证。我希望同学们在大学的殿堂里广泛涉猎，触类旁通，兼具人文情怀与科学素养，常怀独立之精神与自由之思想，文理工医交叉融合，德智体美全面发展。人文爱乐合唱团是一个学生自发组织的业余社团，却多次获得国际合唱比赛金奖；文学院的袁文魁、资源与环境科学学院的王峰发起成立记忆协会，频频夺得“世界记忆大师”称号；以陈铭为代表的辩手，延续了武大在国际大学辩论赛中的辉煌，武大学生辩论队已在国际上成为一张响亮的名片。把业余做到专业水平，把兴趣做成高端事业，中西融汇、古今贯通，这就是武大人的情怀与博雅精神！

第四，做一个眺望世界、敢于担当的武大人。怀特海曾经说过："在中学阶段，学生是伏案学习；在大学阶段，他需要站起来四面瞭望。"大学不是与世隔绝的象牙塔，社会发展、时代进步的每一次脉动都在这里留下了回响。我希望，作为社会精英的武大人，应该放眼世界，先天下之忧而忧，后天下之乐而乐，置身社会，敢于担当，乐于奉献，勇于承担社会责任。武大学子已经用切实的行动诠释着对世界的关爱、责任与担当：新闻与传播学院的李可欣，休学一年，到山区陪伴留守儿童，与孩子们同吃同住，一起爬山下田，引导他们学习、做家务，在留守儿童心中种下金色的太阳；由学生志愿者组成的"梦想花开"团队，到边远贫困地区用富有创意的场景布置建造"魔法教室"，为大山里的孩子打开智慧文明之窗。站起来眺望世界吧，武大人！目光再远大些，胸怀再广阔些，你们的忧患与责任、你们的学识与智慧、你们的激情与行动正是应对未来挑战的力量！用知识奉献社会，关爱民众，兼济天下，这就是武大人的高尚品德！

"士不可以不弘毅，任重而道远。"武大人，要有高深学术、高尚人格；武大人，要做国家栋梁、国民表率；武大人，要志存高远、仰望星空。同学们，希望你们握紧学长传来的接力棒，跑出自己的精彩，为"武大人"这个响亮的名字增添新的魅力，谱写新的传奇！

武大人应该顶天立地，成就伟业！

衷心祝福大家在此生活愉快，成就梦想！

谢谢！

人生出彩会有时

——在武汉大学2013届毕业生毕业典礼上的讲话

李晓红

（2013. 6. 23）

亲爱的同学们：

大家好！

初夏时节的珞珈校园，郁郁葱葱，热情似火。今天，在梅园操场这个曾经开启你们大学生活并见证你们成长的地方，母校为你们送行！首先，我代表学校，向你们的毕业表示最热烈的祝贺和最美好的祝愿！向所有为你们的成长成才辛勤付出的亲人和师长，致以最崇高的敬意和最衷心的感谢！

有一种别离，叫大学毕业；有一种怀念，叫“致青春”。正当青春年少的你们，把人生中最美好的时光留在了珞珈山，那些樱花烂漫、激情飞扬的日子，将成为你们生命中最美丽的记忆。你们对于武大，就如同即将远行的孩子，你们的未来就是母校的牵挂。在去年的毕业典礼上，我曾寄语你们的师兄师姐们：“用积极的心态点亮未来”；今天，我也送给你们一句话：执着追逐青春梦，人生出彩会有时！

同学们，你们正处在一个快速变革的时代，“人人享有人生出彩的机会”。从武大走出去的学生，我丝毫不怀疑你们的才华、智慧与自信。但是，梦想只有扎根于现实的土壤，才能开花结果。当热情遭遇寒流，当坦途转入低谷，当进退面临抉择，你们的青春该如何绽放？你们的梦想该如何实现？你们的人生该如何出彩？

下面，我想与同学们一起分享三个故事。

第一个故事，是你们的校友、人人网 CEO 陈一舟的创业史。1987 年考进武大的陈一舟，入校后申请从物理系转到计算机系学习，那时的他就开始做着在 IT 行业打拼的梦。1999 年，他首创“ChinaRen 社区”，不到两年被搜狐并购；2001 年，他冒着因提前解除合同而失去所有股票和奖金的风险，辞去搜狐高级副总裁职务前往美国二次创业，却因“9·11”事件对美国股市的影响而被迫中止；之后，他先后投资“邀发短信网”，创办“千橡互动”，却遭遇无线业务增值的寒冬；2006 年以来，他收购“校内网”改名“人人网”，终于在美国成功上市，并当选“2011 年中国创业年度人物”。

30 年的坚持，陈一舟历经大起大落，但却从未放弃对未来的信心。他的故事告诉我们：在追逐梦想的路上，有一种精神叫坚持，它让人激情不息，奋斗不止！

陈一舟的创业秘诀是：有时候就是靠时间耗着，等别人没有耐性了，坚持不下去了，自乱阵脚了，那么你很有可能就是坚持到最后的胜利者。坚韧刚毅、持之以恒，这就是我们武大人的精神气质！

同学们，我们坚持，是因为值得；没有坚持，梦想只会成为空想。而坚持，就是对自我实现永不放弃的期许，就是对成功机遇的敏锐感知，就是对外部环境的准确判断与积极改造，就是面对挫折与苦难时的坚强意志！我希望，无论你们将来从事什么职业，身处顺境或逆境，都要让激情与信心的火焰燃烧不灭，照亮你们的航程！我相信，只要你们坚持梦想永不放弃，人生出彩会有时！

第二个故事，是最近发生在大家身边的“凡人善举”。2013 年 6 月 4 日 21 时 16 分，武汉公交车上演中国版《生死时速》。一名男子突发疾病昏倒，呼吸、心跳骤停。在这命悬一线的危急时刻，5 名武大医学生挺身而出。他们顾不上平日那些讲究，跪在地上为病人实施心肺复苏，把手伸进病人嘴里，抠出阻碍呼吸的分泌物。据急救专家讲，国际上这类病人生还率只有 5%，若稍微耽搁救治时机，再好的医术也无力回天。

有人说：“遇到这种事，救活了是功劳一件，救不活岂不是自找麻烦？”或许是出于尊重生命的本能，或许根本来不及多想，那一刻，他们只想着救人，5 个人一个也没有迟疑！正是他们的“凡人善举”，避免了“小悦悦悲剧”的重演。这难道不是人性善念的光辉闪耀？这难道不是积极奉献的感性表达？这难道不是勇于担当的精神彰显？江山等 5 名武大医学生用他们质朴的行动告诉我们：在追逐梦想的路上，有一种品格叫守正，它让人心如明镜，大道直行！

从桂希恩、杨昌林到潘迎春，从黄来女、赵小亭到黄碧海，珞珈山道德的天空明星闪耀，他们守护社会良知，播撒人间大爱，积聚浩然正气，引领时代风骚。坚守正道，大爱无疆，这就是我们武大人的精神气质！

同学们，对于当前这个社会，你们或许有些忐忑与困惑，接二连三的安全事故让你们忧心忡忡，同室操戈的“室友投毒案”让你们痛心不已，形形色色的“潜规则”让你们愤懑不平。面对纷繁复杂的社会现实，我希望你们学会舍弃与坚守：舍弃投机与功利，坚守诚信与正直；舍弃冷漠与私欲，坚守善良与大爱；舍弃狭隘与偏执，坚守尊重与包容；舍弃虚荣与奢华，坚守质朴与纯真。你们的舍弃，或许会失去一些眼前的利益，但一定能收获内心的圆满，而这恰恰就是人生画卷更显功底、最能出彩的地方。我相信，只要你们恪守正道永不偏离，人生出彩会有时！

第三个故事，是我的故事，讲一讲我在美国加州大学 Berkeley 分校学习的一段经历。1989 年，我到一个矿区做现场实验，在那个偏远的小山村，我是唯一的中国人。美国人很爱国，矿区每天都会升美国国旗。当时正值西方企图以“和平演变”颠覆中国的时候，我的德国师弟 Peter 对我说：“你看，东欧发生了巨变，德国的柏林墙也推倒了，社会主义国家都要变了，总有一天你们中国的五星红旗也要倒下来。”当时，我很生气，一种强烈的民族责任感和爱国情怀，促使我到中国驻旧金山总领馆领来一面五星红旗，把它高高挂起。我凝视着它迎风徐徐展开，与朝阳融为一体，飘扬在美国的蓝天下，那一刻我的眼眶完全湿润了。之后，我每天都要站在这面红旗下，向它行注目礼。我的导师向我竖起大拇指，矿工和村民也对五星红旗充满敬意，至此这个村庄的村民从我这里了解到了中国。

异国他乡的这个小举动，不仅极大地慰藉了我的思乡之情，也极大鼓舞了我的报国之志，使我深刻领会到“家”与“国”之间是那样的水乳交融、密不可分。因此，我想告诉你们：在追逐梦想的路上，有一种情怀叫国家，它让人登高望远，砥砺奋进！

翻看武大 120 年的发展史，诞生于民族危亡之际的武汉大学，始终把自己的使命与国家的命运紧密相连，这种信念深深融入“武大精神”，让一批批珞珈学子在“大我”中成就“小我”，让一个个武大人的名字闪耀在科教报国的历史画卷上。胸怀天下，自强不息，这就是我们武大人的精神气质！

当下，一些人信奉“个人主义”和“实用主义”，重功利，讲实惠，也有不少人习惯于在网络上以“屌丝”自嘲，对这个社会充满怀疑，还调侃“信春哥，得永生；信凤姐，得自信”。但是，没有国家好、民族好，哪有大家好？我希望，同学们不仅仅要做一个社会的批判者，更要以“我是建设者”的姿态去参与，去完善，主动担纲属于你们这代人的使命，把“个人梦”融入“中国梦”，用

“青春梦”托起“民族梦”！我相信，只要你们勇于担当永不言退，人生出彩会有时！

同学们，让“武大精神”与你们同行，用你们坚持不懈的毅力，用你们恪守正道的品格，用你们勇于担当的气魄，去奋力追逐你们的青春梦想，去尽情挥洒你们的青春风采！

放隼高飞天地阔，人生出彩会有时。祝愿同学们一路顺风，前程似锦！

让武大精神伴你成长

——在武汉大学2013级新生开学典礼上的讲话

李晓红

（2013.9.9）

亲爱的同学们：

上午好！

今天，在美丽的东湖之畔，灵秀的珞珈山又迎来一批新的主人。在此，我代表学校，向你们的到来表示最诚挚的祝贺和最热烈的欢迎！祝贺你们在珞珈山开启新的生活！欢迎你们加入武汉大学这个温暖的大家庭！

这几天我一直在想，你们来到学校的第一课应该给你们讲些什么。我思考再三，谈三点感受与你们分享。

以武大为家。

武大不仅是我们的生活家园，也是我们的精神家园。有一首歌叫《家是珞珈》，是你们的一位师姐在大学期间作词、作曲并演唱的。歌词这样写道：“带着一身青涩和憧憬，我就走进了你。你用慈爱博大的胸怀，把我迎进了家。春，你给我阳光，秋，你赐我金黄。世上最美的地方，怎么也比不上家。家是珞珈，我向往的地方。心有珞珈的根，人就有珞珈的魂。”这首歌在武大学子中广为传唱，相信也会引起你们的共鸣。

我于 2010 年年底来到武大，虽然只有两年多时间，但我已深深地爱上了她：我爱这里独特的风景，我爱勤勉不懈的武大师生，我爱古老而青春的珞珈气象。武大对于我来说，就是我的家。

同学们，你们将和我一样，在珞珈山生活、学习或工作，很多同学将会在这里度过四年、六年、十年甚至一生的时光，武大就是我们共同的家。也许我们的家还不够美丽，你们会吐槽：“‘中国最美丽大学’怎么像个大工地?”也许我们的家还不够舒适，你们会抱怨：“天哪，这就是 21 世纪的大学宿舍?”也许我们的家还不够“牛气”，你们会期盼：“学校什么时候才能重振‘北有北大、南有武大’的雄风?”我知道我们做得还不够。但我相信，只要我们用心共同去呵护，共同为她添砖加瓦，我们的家一定会变得越来越美丽、越温馨、越强大，成为世界上让我们最为向往的地方。

感悟武大精神。

建校 120 年来，始终有一种品格挺拔着武大人的脊梁，那就是自强不息、坚韧不拔；始终有一种担当指引着武大人的方向，那就是教育报国、造福社会；始终有一种气质浸润着武大人的心灵，那就是兼容并蓄、自由开放；始终有一种精神根植于武大人的灵魂，那就是敢为人先、勇于创新。它们汇聚成武大的精神，它们就是“珞珈的根”和“珞珈的魂”。我希望你们在今后的日子里去好好地体会与品味，让武大精神在你们的身上得到传承与光大。

一方水土养一方人，在武大精神的滋养下，武大将培养出什么样的学生?

我曾经给同学们讲过这样一个故事。一位企业老总给下属布置工作。第一类学生接到任务，还没开始干，就首先点评一番，建议领导应该这样，应该那样，搞得领导极为不爽；第二类学生埋头苦干，加班加点，循规蹈矩地完成了任务；

第三类学生按期完成了任务，并提交了一份修改建议方案。结果是：第一类学生被炒鱿鱼，第二类学生成为了业务主管，而第三类学生则得到了重用，接了老总的班。

武大要培养的就是第三类学生！我希望你们不仅要有实干精神，而且善于独立思考、敢于质疑、勇于创新，这正是“自强、弘毅、求是、拓新”校训精神的体现。武大校友易中天先生曾说过：“武汉大学钟灵毓秀，人杰地灵，风景好，风水好，风气好，这么好的风，熏也要熏出人才来。”我相信，在武大精神的熏陶下，同学们想不优秀都很难！

树立大爱情怀。

有人说，武大这么浪漫的校园，有樱花城堡，有情人坡，有东湖，不谈恋爱岂不可惜？我今天想说的是一种广义的爱，它包括对同学的友爱，对父母的关爱，对兴趣特长、学术方向的热爱，还有对我们武大这个大家庭的珍爱，以及对于国家和民族的大爱。唯有爱，才能使我们与周围的世界建立积极的联系，让我们的生命充满正能量！

爱的对立面，是“不爱”。这些年，心理健康问题成为困扰大学生的突出问题。随意放弃自己的学业，是对自己的不爱；给室友投毒报复，是对同学的不爱；忽视父母，是对父母的不爱；对学校环境的破坏，是对学校的不爱；对社会冷漠，是对社会的不爱。“不爱”将使人生变得晦暗无光。当你们今后遇到挫折时，不妨多一点倾听与沟通，多一些理解和宽容，学会自我调适与自我减压，在爱与被爱中获取奋起的力量。如果实在不行，学会求助吧，去找你的朋友倾诉苦恼，去找你的辅导员和导师寻求支持，去学校心理健康咨询中心获得专业的心理辅导。你们要记住，永远不要自己放弃自己。美国总统奥巴马最近在一所学校发表“为什么要上学”的演讲，讲了一句经典而震撼人心的话，他说：“放弃自己就是放弃国家！”我衷心希望，你们永不言弃，用一种积极的心态去爱自己，爱他人，爱武大，爱世界！

同学们，珞珈时光已经向你们开启，未来的路还很漫长。

我期待，你们自立自强，学会自主思考、自主管理属于你们的大学时间，自主地规划和设计属于你们的未来！

我期待，你们珍惜自由发展这一武大给予你们的最好礼物，在自由的网络漫游中学会理性思考与判断，在自由的个体发展中充分发掘你们的个性与潜能！

我期待，你们能砥砺意志、锤炼人格，立足武大眺望这个世界，改变这个世界，用你们的双肩担负起家庭、国家与民族的责任！

我期待，因为有你们的加入，武大将早日成为美丽武大、英才武大、大爱武大、创新武大、活力武大，早日迈入世界一流大学的行列！

武大将塑造你们未来的人生，而你们将塑造武大的未来！我对你们充满信心！

谢谢大家！

引领时代从超越自我开始

——在武汉大学2014届毕业生毕业典礼上的讲话

李晓红

（2014.6.20）

亲爱的同学们：

Today is a good day！今天，母校在这里为你们送行！首先，我代表学校，向学有所成、顺利毕业的你们表示最热烈的祝贺！向所有为你们成长成才倾注心血与汗水的父母和师长，致以最诚挚的感谢！

纵观全国，今年的毕业季与往年不同，各大高校都煞费苦心地为自己的毕业生送上了独特的毕业礼物：有高端大气上档次的合金戒指，有“校友恒久远，一卡永流传”的校友卡，有天然呆、自然萌的“哲学猫”……相比之下，武大的礼物似乎单薄了一些。有同学在网上“吐槽”：“我们只有5块钱的毕业文化衫”（其实是20元一件），还有同学抱怨：“学校不给发戒指，可能一辈子都没戒指戴啊。”其实我们也有好的礼物，那就是大家一起塑造的各种造型的“珞珈style”，那些其乐融融的师生毕业照，表达了母校对你们深深的眷恋和浓浓的情意！

临别之际，我给同学们讲一个“武大土豪”人生沉浮的故事，这是一个普通而又典型的武大人超越自我的人生经历，希望你们能够从中感悟到武大人的精神气质，对今后的人生有所启迪。我想这是送给你们远行最好的礼物。

30年前，也就是1984年，有一位政治经济学专业的毕业生，名叫蹇宏，他踌躇满志，敢闯敢干。毕业不久，他投身于海南的房地产热潮，不到两年就积累了千万财富。暴富后的蹇宏开始飘飘然，开名车，买别墅，休闲打猎，纵情享乐。但好景不长，房地产泡沫的破灭使他一夜之间失去一切，公司破产清算，反而负债百万。妻子一气之下离他而去，留下刚出生不久的儿子嗷嗷待哺，母亲一夜之间急白了头发，他自己也大病一场。

事业与家庭的变故，让蹇宏尝尽落魄潦倒的苦辣酸辛。为了生存，这位单亲“奶爸”流落深圳，成了街头的一名保险推销员。他挨家挨户敲门，碰到人就递名片，受尽了白眼，吃尽了闭门羹，贫穷到几乎交不起房租、吃不起饭、给儿子买不起奶粉的地步。终于，利用在证券公司混盒饭时的一次机会，凭着锲而不舍的精神，他卖出了人生中的第一份保单。之后，在武大校友的鼎力相助下，蹇宏凭着武大人不认输的一股韧劲，从原始营销向专业营销、顾问式营销转变，终于一步一步打开局面，最终成为“中国保险营销第一人”，又一次攀上了人生新的高峰，成为一名名副其实的“打不死的小强”！

蹇宏不算是武大校友里的“大土豪”，可以说是一个平凡的武大人。但他从一介书生到千万富翁，从一夜暴富到一夜赤贫，从一蹶不振到一飞冲天，这个故事见证了他作为一个普通“武大土豪”的蜕变、重生与超越。我想，蹇宏校友跌宕起伏的人生故事，至少能给我们三点启示。

第一点启示是：坚韧不拔，才能超越逆境。

人生的道路从来不可能永远是直道和坦途，也许“拼爹”的社会现实曾让四处求职的你愤懑不平，形形色色的“潜规则”会让你四处碰壁，未知的风险可能会让创业的你碰得头破血流，情感的受挫会让你看不到明天的希望……假如骤然跌到人生的最低谷，你该怎么办？

这个时候，请想想今天的故事。无论如何困窘，蹇宏都未曾放弃，他甚至在深夜抱着儿子看病时，还不忘向医生推销保险。就像他说的那样："虽然跌得很重，但我还有回头的机会，还有机会站起来。我没有失去生命，没有失去家人，更没有失去人生的信心。"他还说，我好歹也是武大毕业的，武大人怎么可能就此服输！

同学们，逆境中流着眼泪的坚持最为可贵，逆境中脚踏实地的前行最为可靠，逆境中触底反弹的力量最为震撼！一旦通过逆境的考验，你就会拥有非同一般的人生。从武大走出的众多新一代"土豪"们，他们不仅有很高的智商，更有一股冲天的豪气和不懈的韧劲，这也许就是武大人行走天下的独特气质。同学们，如果你是"屌丝"，那么就勇敢地做一个逆袭的"屌丝"！如果你是"土豪"，那么就做一个打不倒的"土豪"！

我想讲的第二点启示是：创新不已，才能超越无限。

人生的超越，除了持久的坚持，还应当有创新的锐气。当蹇宏被客户一次次拒绝后，他深刻地意识到：原来卖保险也是有学问的。他想，武大的毕业生卖保险，再怎么样也应该比别人卖得好吧？于是他开始转换角度，创新思维，研究如何让客户接受保险。他在国内首创客户俱乐部，力推网上投保，并且把保险营销上升到人生规划、资产传承的高度，创新了中国式的保险理念和营销模式。他以武大人永不衰竭的热情、永不停歇的创新脚步，创下独特的个人品牌。

同学们，你们面临的这个时代，新发现、新技术层出不穷，新产品、新材料日新月异。创新驱动发展，有人甚至预测，未来几年，99%的公司将被新的公司兼并，50%的行业将被新的行业取代。未来的竞争，不再仅仅是资本、技术和产品的竞争，更取决于人的思想观念与方式方法的创新。创新已经成为一种常态，

“创客”已经成为一种流行！

同学们，在这样的时代，你们是甘愿做墨守成规的“工匠”，还是要修炼成一个领域的大师？你们是甘愿做唯唯诺诺的“菜鸟”，还是要胜出为一个行业的精英？你们是甘愿做平淡无奇的“路人”，还是要挺立成一个时代的标杆？我想，你们作为武大的毕业生，心中早已有了答案。引领时代，武大人不去担当谁能担当？共筑梦想，武大人不去超越谁能超越？这就是武大人的时代责任！这就是武大人的精神气度！

我想说的第三点启示就是：校准航向，才能行稳致远。

曾经迷失于利益追逐与个人享乐的蹇宏，在历经曲折之后，重新考量自己的价值观。他捐建学校，资助他人，还立下遗嘱，留下300万元的“保险身故受益金”。请大家注意：这笔保险金的受益对象不是他的家人，而是用于对客户的终身服务。作为武大毕业生，他也始终不忘回馈母校，他现在是武大贵州校友会常务副会长、武大校友企业家联谊会秘书长，他设立了奖助学金，联合其他校友捐建“校友活动中心”，积极筹集基金用于武大在校学子创新创业。他以更为诚挚的信用、更为深切的感恩、更为坚定的责任，重新找到了自己的人生航向。

同学们，你们即将踏入社会，当多元的价值观念让人无所适从，你们能否坚守内心的诚信与正直、执着与勇气、质朴与纯真？你们能否捍卫对自己、对亲人、对社会、对祖国的责任？你们能否充分释放出自我的能量，在创造、关爱与奉献中升华自我的精神？

我希望，你们能打好人生的基石，校准人生的航向。我很推崇习近平总书记的“扣子理论”，希望你们扣好“人生的第一粒扣子”，人生的扣子从一开始就要扣好，如果第一粒扣子扣错了，剩余的扣子都会扣错。虽然人生的道路很长，但关键的地方只有几步；虽然人生问题很复杂，但要害在于把握住最基本的东西。那么无论是坦途还是陡坡，是平川还是险滩，是直道还是弯路，你都会站得住脚跟，稳得住心神，看得到长远。

我希望，你们要有逆境中坚韧不拔、自我突破的精神，要有敢想敢干、勇于创新的气概，要有脚踏实地、行稳致远的品格，要有勇于担当、志向豪迈的情怀。这正是“顶天立地、追求卓越”之武大精神的充分彰显！

同学们，让武大精神伴你前行，从中汲取不断超越的能量！我相信，只要敢于超越，你们一定能够引领这个时代；只要敢于创新，你们一定能够成就光辉的人生！

谢谢大家！

取势为先，善做善成

——在武汉大学 2014 级新生开学典礼上的讲话

李晓红

（2014. 9. 15）

亲爱的同学们：

大家上午好！

这几天，校园里到处洋溢着青春的活力与喜悦，武大因为你们的到来而增添了许多新鲜与灿烂。热烈欢迎你们，2014 级珞珈山的新主人！

每一次参加开学典礼，我作为校长，既感到开心，又有赶考般的紧张。开心的是，又迎来了一批青春洋溢的学子；紧张的是，对于新生开学的第一课，我总想讲出新意，但觉有些江郎才尽。

前不久，习近平总书记讲到，“肯取势者可为人先，能谋势者必有所成”。我想，今天就谈谈武大的“势”。当你们踏进武大的校门，就应该能感受到，在这所古朴而美丽的校园，蕴含着一种无形而强大的“势”。对于武汉大学而言，要实现建设成为世界一流大学的梦想，就必须积力蓄势、审时度势、取势谋势；对于我们每一个武大学子而言，要顺势而为、趁势而上、因势而动，为成就精彩人生不断蓄积动能和势能。武大的“势”在哪里?

武大之“势”，在于她恢弘激越、大气磅礴的气势!

20 世纪 30 年代，有位美国外交官问著名学者胡适先生：“中国究竟进步没有?”胡适回答：“你如果要看中国怎样进步，去武昌珞珈山看一看武汉大学便知道了。”美国外交官疑惑不解，当他后来专程来武大，看到东湖烟波浩渺、珞珈钟灵毓秀、建筑巍峨壮观、校园人才汇集，一下子恍然大悟。因为，在当时的中国，能建成如此气势恢宏的大学，几乎是不可能做到的。

我在武大四年，时常登高远眺，每次感受“珞珈之山，东湖之水，山高水长，流风甚美”，都不禁心潮澎湃：唯有这样的山水建筑，才能让人潜心为学、探索新知；唯有这样的山水建筑，才能让人一辈子刻骨铭心、魂牵梦萦!

或许是因为景色太美，每年樱花时节校园总是游人“爆棚”，让我们的同学爱恨交加；还有那浪漫“情人坡”，总会让一些热血学子情不自禁地想谈一场恋爱，甚至成了很多年轻人拍婚纱照的首选之地。武大的美太招惹人了！我们也不必把武大的美藏起来，我们要继续发掘武大美的特质，丰富武大美的内涵，展示武大美的神韵，呵护武大美的声誉!

我希望你们取大美武大、恢弘武大之气势，树远大之理想、立豪迈之志向，去提升你们的精神气质、丰盈你们的大美人生!

武大之“势”，在于她自强不息、奋勇向前的劲势!

在武大历史中有段岁月让我们无法忘怀。1938 年，日寇围攻武汉，武大师生被迫长途跋涉，西迁乐山，从此历经八年“苦难与辉煌”，吃的是满是沙子的“八宝饭”，住的是简陋的寺庙，连上课时都要提防日军炸弹的袭击，但武大师生秉持学术报国、科学救国的理念，在艰难困厄中取得了令世界瞩目的成就。在这样艰苦的环境下，武大在 *Nature*、*Science* 等国际顶尖学术期刊发表 5 篇学术论文，并跻身“民国四大名校”之列!

和平年代重温这段历史，让我时常思考：是什么力量支撑一所大学不断前行？那就是武大人坚守学术本质、坚持科学报国的使命感和责任感！武大历经初创迁址、战火动乱、恢复调整、合并发展等种种境遇，始终以一种自强弘毅、沉潜从容的气度，始终以一种生生不息、奋勇前行的态势，传承了武大的文脉，积蓄了武大的底蕴，谱写了武大百廿的辉煌！

有人说，你们这代青年学子盛行“精致利己主义”，“世俗、老到、善于表演、懂得配合”；还有一批“现实主义者”，只考虑房子、票子，上大学是为了娶个“白富美”，嫁个“高富帅”。但我不这样认为，我认为你们是有思想、有抱负、有追求的一代，是青春激情与阳光新锐的一代，中国未来的希望就在你们身上。

我希望你们取武大自强弘毅、砥砺进取之劲势，赓续武大优良的文化传统，求索不已，奋斗不止，充分展现新一代武大学子的风采，去奋力追逐你们的梦想！

武大之“势”，在于她自由开放、锐意创新的生势！

雷军，相信同学们对这个名字不会陌生，他是小米手机创造者、中国互联网产业领军人物。李克强总理称赞：“雷军，听说你把小米做成了大米！”当年，雷军在武大读书时，自主灵活的教学制度和自由开放的学习氛围，使他只用两年时间就修完所有学分，还包揽了几乎所有奖学金，他将大量精力用在了“异想天开”的创新上。

我常与雷军及很多校友见面，交谈中他们都给我一种强烈的感受：无论在什么领域，武大人总是能不断创新、不断超越、书写传奇！正是这些具有鲜明个性的武大学子和深深打上“珞珈烙印”的武大校友，铸就了武大最具生机活力之势！

有人调侃说，“爱在华师，学在华科，玩在武大”。我认为在武大能“玩”，是一大幸事，这个调侃我们接受。武大的“玩”绝不是无所事事的“吃喝玩乐”，而是在教学的灵活、科研的创新、校园的开放、文化的丰富中注入“玩”的要素，让同学们在玩中学习、在玩中碰撞、在玩中思考、在玩中提升。

我希望你们取自由武大、创新武大之生势，放飞梦想、自由探索、锐意创新，像雷军一样，像武大的辩论队、合唱团、“记忆大师”、“发明达人”一样，玩出个性、玩出品位、玩出特色、玩出水平、玩转国际舞台，让“玩”成为武大靓丽的品牌！

武大之势，在于她顶天立地、敢当善为的派势！翻开武大的历史篇章，无数武大师生和校友将脚步坚实地踩在祖国大地上，从“三星两弹”到“北斗子午”，从极地科考到三峡工程，从重组基因到杂交水稻，从助力经济腾飞到关爱弱势群体，创造了一个又一个中国第一、世界第一。他们在知识上探求高深学问，在时代中担纲社会责任，干出了惊天动地的事业，这就是顶天立地之雄势！

在你们的学长中，也有另外一种“牛人”，他们敢想敢为、善做善成。当“扶不扶”正成为世人的一种“道德纠结”时，我校医学院 2011 级江山等 5 名硕士生挺身而出，公交车上紧急救治突发癫痫、危在旦夕的乘客。化学分子学院谢肖同学，大二在贵州支教时，发现当地孩子的饮水安全无法得到保障，便萌生了“要让人人都喝上干净水”的愿望。回校后，他立即招募志愿者，创办公益组织“清泉计划”。如果没有他筹募资金，湖北恩施近千名小学生可能还在为喝不到干净水而困扰。谢肖说，“我只是想让这个世界更温暖”，这是何等朴实而豪迈的语言！这就是敢当善为之派势！

民间有人送我们一个外号，叫“武大郎”，我认为这个外号我们也不必拒绝。就像校大门牌坊上镌刻的六个大字“学大汉武立国”，我们不仅有《水浒》中那个“武大郎”的朴实敦厚，更有一股“我有凌云志，翱翔天地间”的牛气和派头。我希望你们取武大敢为天下先、勇担天下任之派势，担纲社会、匡时济世、敢当善为、振导四方，努力做一个顶天立地的“武大郎”！

最后，我送给你们《大学生活“十要十不要”》，希望你们“且行且珍惜”：

第一，要拼自己，不要拼爹；

第二，要追梦，不要追星；

第三，要做“学霸”，不要做“学渣”；

第四，要学会蹭课，不要翘课；

第五，要刷 GPA，不要刷夜、刷微博；

第六，要诚信考试，不要想着“开外挂”；

第七，要独立思考，不要迷信“大 V”；

第八，要多去操场锻炼身体，不要总宅着看《来自星星的你》；

第九，要学会“感恩关切爱”，不要心存“羡慕嫉妒恨”；

第十，要保持阳光心态，不要对自己失去信心！

衷心祝愿你们在武大学业有成，生活快乐！谢谢大家！

敢闯善创，拓新立业

——在武汉大学2015届毕业生毕业典礼上的讲话

李晓红

（2015. 6. 27）

亲爱的同学们：

今天我非常高兴，也百感交集。因为你们大多数是我来武大工作后迎接的第一批学生，与我在珞珈山共度了四年时光，我们一起游“珞珈山水”、吐过槽、点过赞，一起为学校发展出谋划策，一起为学校变化欢呼雀跃。此时此刻，我的心情与四年前第一次见到你们时一样激动。在此，我代表学校，向你们顺利完成学业表示热烈的祝贺，向养育你们的父母、培养你们的老师表示衷心的感谢！

大学毕业，意味着人生新征程的开启。我最近一直在想，今天我应该讲些什么作为临别赠言。我还清楚地记得四年前我在开学典礼上说过，希望同学们在校期间立大志、得大观，期盼同学们毕业之后创大业、成大事。我认为，当今时代是创新的时代，创新已成为一种经济，“创客”成为一种流行，“互联网+”成为一种新的思维，国家把“大众创业、万众创新”作为经济发展的新引擎，如何把握时代、创新创业，成就一番精彩人生，是我应该与你们分享的主题。因此，今天我就谈谈创造、创新、创业，用武汉大学的“三创”精神，激励你们去开启新的征程。我们特意请回了两位在信息行业叱咤风云的优秀校友参加毕业典礼。我给大家讲其中一位校友的故事，另一位是你们做梦都想见到的“大牛”雷军，由他自己来讲，他比我讲得更精彩。我希望这些校友的创业历程对你们有所启迪。

1993 年毕业于我校地理信息与遥感专业的陶闯，33 岁获得加拿大终身教授职位，34 岁发表 200 多篇论文，获得 20 多项国际大奖，摘得加拿大“国家首席研究教授”头衔。年纪轻轻就取得如此骄人的学术成就，一般人早已志得意满，但陶闯并不满足，决定挑战自我与创新！他在加拿大创建了一家地理信息公司，开发的全球三维地图系统比“谷歌地球”早 3 年，该项技术得到联合国等 18 个国家和地区的应用。后来，陶闯公司被微软以天价收购，成为微软收购的唯一由华人创办的海外企业。加入微软之后，陶闯执掌比尔·盖茨两大战略投资项目之一的“虚拟地球”，他带领研发的“全自动三维城市影像系统”被 MIT 评为“2008 年全球十大创新技术”，陶闯因此被媒体称为“微软地球之父”。

40 岁的陶闯在国外可谓功成名就，但他毅然回国从头再来！2009 年，他辞去微软高管之职担任 PPTV 的 CEO，不到 5 年将公司业绩翻了 150 倍，使 PPTV 成为全球华人中最具影响力的网络电视。不满足于只办一家企业的陶闯，去年又主动辞去 PPTV 的 CEO，再一次转型创业，创办了集实体创新与资本创投于一体的知卓创新资本集团公司，致力于打造互联网时代具有生态价值的企业集群。从终身教授到海外创业，从微软高管到 PPTV 总裁，从创业者到投资人，陶闯“闯”出了人生一个又一个新境界！

陶闯给我们的第一个启迪：创新创业首先要有敢闯的精神。

在功成名就的背后，陶闯也历经许多艰辛打拼。当年陶闯独自闯荡加拿大时是一个穷学生，睡地下室，英语也不好，但他能承受在实验室彻夜攻关的那种清苦；尽管华人在海外创业，因文化差异需要付出比洋人更多的心血，但他就是要尝尝将技术市场化的那种痛快；尽管他在业界已大有名气，但他就是要“任性”地回国选择一家陌生领域的“草根企业”，享受开辟新战场的那种豪情。当陶闯第一次创业给员工发不出工资的时候，他冒着一贫如洗的风险，破釜沉舟将房产与家当全部抵押。对于陶闯而言，“闯一闯”绝非一时的新鲜或冲动，而是敢打敢拼的坚韧，是面对困难的永不言弃，是对已有成就的超越，是挑战自我的潜能释放！

同学们，我希望你们多一些“虎气”，多一些“狼性”，多一些豪情，多一些拼劲，因为我们就是敢闯敢干的“武大人”！

陶闯给我们的第二个启迪：创新创业要有善创的本领。

陶闯经常谈到他第一次给比尔·盖茨作报告的故事，起初他以为“我是教授出身，比尔·盖茨连大学都没毕业，忽悠他比较容易”，没想到讲了一半，比尔·盖茨就打断他：“把你想的，回去乘以十倍再想一下，因为我们是微软。”这件事使陶闯受到很大刺激，他说：“当时恨不得在地上挖个洞钻进去。你别以为比尔·盖茨没读完大学，他其实一直在勤奋学习，通读了很多领域的书籍！”陶闯认识到，人的弹性和潜力巨大，关键在于能否坚持自我学习，不断挑战个人极限。也正是因为在微软保持“小学生的心态”，不断向他人学习，向高手学习，为陶闯敏锐把握时代、开辟更为广阔的天地打下了坚实基础。

同学们，我希望你们赓续“武大的基因”——基础扎实但不刻板迂腐，善于创新但不好高骛远，思想独立但不一意孤行，精神自由但不任意妄为；希望你们不断练就创变的能力，始终以学习的心态和发展的眼光蓄积善变的本领，始终用武大人的底气和锐气去开创精彩的未来！

陶闯给我们的第三个启迪：创新创业要有拓新的勇气。

人们常说“羊毛出在羊身上”，但陶闯却说，“羊毛出在猪身上”。他将流体力学理论用于车载导航系统研究，将地理定位技术用于人体基因分布的跟踪监测，利用PPTV视频拓展教育、金融等多项业务……陶闯总是善于跨界，用各种奇思妙想将毫不相干的事物联系在一起，最终产生出人意料的集成效应。

创新没有固定规则，创新就是不走寻常路。美国“硅谷”流行一种足球游戏，两队开始踢足球，场上突然出现两个足球，一会又规定只能像橄榄球一样用手打，不能用脚踢。你如何应对？谁能最快适应新的游戏规则，跳出惯有思维的框框，谁就是最后的赢家！同学们，我希望你们要有拓新的勇气，要多一些奇思异想，拒绝“从1到N的复制”，演绎“从0到1的创造”！敢于跨界、善于拓新，这正是我们武大人应有的禀赋与特质！

陶闯给我们的第四个启迪：创新创业要有立业的担当。

对于陶闯而言，创新创业不仅是热情和毅力，更是责任和担当。一边是在西雅图住着华人圈内最大的洋房，拿着百万美元的工资，拥有显赫的声望；另一边是回国艰苦创业，一切从零开始。他说：“叶落归根，在外漂泊十几年，是时候回家了。一个人的事业如果对国家和社会没有价值，就永远做不大！”如今的陶闯，正致力于打造涵盖物联网、大健康、教育、金融等多个领域，并将改变人们未来生活方式的企业生态群，他创建的“知卓超级天使基金”将为毕业生创新创业提供宽广的平台，他更梦想回归教育战线办一所变革教育方式的私立大学！

我相信，正是这种“皇皇武大，舍我其谁”的家国情怀与社会责任，激励着一批批武大人以创新创业扛鼎国运、振导社会、造福民众，成为时代的弄潮儿！我希望，从武大走出来的毕业生，绝不能成为社会的旁观者，不能简单地为自己而立业，而要堪当民族复兴的脊梁，要致力于引领一个时代！

也许学文科的同学说，我做不到。不，你们做得到！前不久，我去拜访

1972 级外语系校友刘亚洲，他现任国防大学政委，获授上将军衔，是一名赫赫有名的军事战略家和军旅作家。我惊奇地发现，不仅是刘亚洲，还有很多外院校友经过打拼不再吃“外文饭”，而是成为各行各业的领军人物。比如，刘亚洲同班同学李小林，现是中国对外友好协会会长、共和国少有的女部长；同班同学李中子，是从事航空、酿酒、房地产的跨国实业家；毕业于外语学院的万鄂湘，现为著名法学家、全国人大常委会副委员长……我把这一现象叫作“外院人华丽转身现象”。

不仅是外语学院，很多武大人没有拘泥于所学专业，而是朝着更宽广、更陌生的领域拓展。比如，毕业于化学系的校友方成，被誉为当代最有思想深度的漫画大师；毕业于土木系的校友黄彰任，成为享誉世界的石油大亨；毕业于物理系的校友于刚，创建了互联网最大的超市“1 号店”……对于他们而言，武大教育不仅仅是知识的灌输、技能的训练，而是灵魂的唤醒、潜能的挖掘、创造力的激发。这些打上“武大”烙印的校友们，不仅成就了自己，也铸就了武大的荣耀与辉煌!

同学们，人生的舞台每个人独一无二，每个人无法被替代。你们无须埋怨工作找得不好，也无须羡慕别人“拼爹”。除了你自己，没有人真正了解你的极限。我看过全球 500 强企业总裁的自传，“土豪”都是拼出来的，路都是闯出来的。机遇与挑战并存，成功与风险同在。习近平总书记说过：“生活将更多机遇留给善于和勇于创新的人……现在，青春是用来奋斗的；将来青春是用来回忆的。有信念、有梦想、有奋斗、有奉献的人生，才是有意义的人生!”我认为，这是对同学们最好的寄语。

最后，我送给你们五条“创新创业法则”：

第一，不要侥幸投机，创新创业是一种人生态度。

第二，不要好高骛远，创新创业的梦想更需要接地气。

第三，不要轻言放弃，创新创业需要坚持、坚持、再坚持。

第四，不要单枪匹马，“互联网+”时代需要找对你的“合伙人”。

第五，不要惧怕困难，人生最大的挑战其实是你自己！

衷心祝愿同学们事业有成，生活幸福！

别样的青春，不变的传承

——在武汉大学2015级新生开学典礼上的讲话

李晓红

（2015.9.14）

亲爱的同学们：

上午好！

今天，梅园小操场青春洋溢、热情涌动。因为你们的到来，珞珈山一片生机盎然，处处焕发着青春活力。在此，我谨代表全校师生员工，对你们的到来表示热烈的欢迎和衷心的祝贺！

最近有部热播剧《毕业歌》，讲述的是一群年轻人浴血抗战的感人故事，这不由让我想起抗战时期武汉大学西迁四川乐山坚守八年的艰辛岁月。我似乎觉得，这部电视剧演的就是我们武大人！

77年前，当日军炮火轰炸武汉，珞珈山已放不下一张平静的课桌，1200多名师生悉心保护着图书和仪器，颠沛流离、跋山涉水2000多公里，迁往西部偏僻小城——四川乐山。在战火中，武大人自强不息、救亡图存，挑灯夜战研制防毒面具和手榴弹，将其一批批运往战场；150多名学子抱定救国之决心投笔从戏，随中国远征军奔赴前线……八年流亡办学，100多名师生因炮火和疾病长眠乐山，生存下来的武大人在流离中赓续文脉，在困厄中弦歌不辍，以令世人惊叹的气势铸就了“乐山辉煌”，让学校跻身“民国四大名校”之列！

战火中的青春之歌，旋律虽悲怆，却昂扬激越。在乐山，有这样一位武大学子，他在日军空袭中多次与死神擦肩而过，三次与病魔搏斗死里逃生；他抱定科学救国的信念发愤读书，以年级第一的优异成绩完成学业。中华人民共和国成立后，他带队奋战于荒凉的戈壁，亲手制造了中国第一颗原子弹引爆系统，并参与我国第一艘核潜艇研制，将武大人的名字载入共和国核事业发展的档案。他，就是我校电机系1940级校友、中国“两弹一星”功勋科学家、中国工程院院士俞大光。

抗战胜利70年后的今天，与刚进入大学的你们共同回望那代青春学子的燃情岁月，我认为很有意义。因为，有一种精神会跨越时空，有一种品格会永不褪色，它一定可以触动我们的灵魂，并引发我们去思考、去传承。在今日的珞珈山下，你们又该如何修炼自己的青春？八年西迁史和俞大光的青春经历，带给我们两点弥足珍贵的启示。

第一点启示：天行健，君子以自强不息；唯有自立自强，才能迎难而上、勇往直前。

前几天新生报到，我看到许多父母拎着大包小包，甚至几代人、几辆车来护送，形成校园里蔚为壮观的“亲友团”。同样是入学报到，当年与你们同龄的俞大光，独自一人背着行囊，揣着打工挣来的微薄学费，与路上结识的同学合租一艘小木船，划着桨逆江而上，风餐露宿，日夜兼程，险象环生，走了10多天才到达乐山。在乐山读书期间，尽管吃着糙米夹沙石的“八宝饭”，住着竹篱笆建成的简陋宿舍，还要躲避炮火与疾病的侵袭，但是俞大光和他的同学们始终以奋发的情绪、坚定的意志和自强的精神，在茶馆、寺庙、大渡河边，甚至在僻静的坟场，利用一切可能的条件拼命学习，以期将来承担起科学救国的重任。

与俞大光不同的是，今天你们的学习和生活条件非常优越；与俞大光相同的是，你们在新的时代仍将面临挑战，面临人生目标的选择。当遇到“挂科”、失恋、找工作不顺的时候，你是心灰意冷，还是愈挫愈勇？面对激烈的竞争，你是甘于过平庸的生活，还是在成就自我的同时为民族自强而奋争？新时代的自强精神，不仅意味着面对困难与挫折的坚韧不拔，还体现在对远大目标的奋发执著。我以为，只有经过磨砺的青春，才会更加闪亮；只有懂得自立自强，人生才会更加高远！

第二点启示：士不可以不弘毅，任重而道远；唯有明诚弘毅，才能顶天立地、引领时代。

在俞大光求学、求知和求职的路上，即便时局动荡不安，他始终以一颗赤子之心胸怀天下，笃定人生目标，奋勇执着向前。上大学前，他已谋得兵工厂一职位，本可以安逸于后方，但他没有放弃求学的梦想，坚持自学最终考取武大；大学期间，虽没有选择直接上前线，但他将国恨家仇深埋于心底，在学习中奋力寻找救国图强的出路；大学毕业后，本可以到薪金更高的岗位上去工作，但他为培养“救国急需人才”选择留校教书；一个偶然的机会，使他走上了从事核武器研究这一艰辛而又光荣的道路，成为共和国一名功臣。俞大光人生道路上的每次选择，都有他自己深沉的思考，正如他自己所说：“刻苦才能学好，学好才能强国，强国才能打败日本！”

与俞大光一样，青春路上的你们也面临诸多选择。在充斥着浮躁和诱惑的当今时代，你是去羡慕别人“拼爹”炫富，还是去追求内心的充实圆满？你是做沉迷于网络的“低头族”，还要做改变现实的“蝙蝠侠”？你是只想做自己的“人生赢家”，还是要成为打拼“中国梦”的时代标杆？请记住，武大培养的人才，从来不仅仅是为了个人的谋生，而是要顶天立地、引领时代，成为各行各业的领军人物！

俞大光只是乐山时期众多武大学子中的一员。从乐山走出来的，还有中国第一台电子计算机研制者张效祥、秦山核电站总设计师欧阳予等12位院士，以及开创中国发展经济学学科的谭崇台、奠基中国国际法学科的姚梅镇等大批学术大师。他们秉持“独立之人格、自由之思想、批判之精神”，成就自我，担纲国运！他们的青春旋律至今仍在我们的耳边回响，他们用武大人特有的精神气质，书写了“自强、弘毅、求是、拓新”的武大校训！

78年前，也就是1937年国立武汉大学开学典礼上，王星拱老校长呼吁武大学子“应作国民之表率”，并坚信“民族复兴之光明的旗帜，树在前途等着我们”。今天，这种热望仍激荡在我们的心间。同学们，你们的珞珈时光已经开启，正当你们编制“青春修炼手册”之时，作为校长，我赠予你们五点建议：

第一，你们不要仅限于做一个“学霸大神”，还要尝试去做个“社团达人”或者“科研牛人”；

第二，你们不要迷信于“大V”，只会在“偶像来了”的时候欢呼尖叫，更要以理性态度和批判眼光“涂鸦专属的自我”；

第三，你们不要一味指望在顺境中走向成功，还要做好在困境中“逆袭”的准备；

第四，你们不要只知道埋头苦干，还要学会分享与合作，改变世界的“合伙人”就在你们身边；

第五，你们千万不要宅着学习，还要走出象牙塔，站起来眺望整个世界。

最后，衷心祝愿你们学业有成、生活快乐！谢谢大家。

做自己人生的“工匠”

——在武汉大学2016届毕业生毕业典礼上的讲话

李晓红

（2016.6.22）

亲爱的同学们：

大家好！首先，向你们顺利完成学业表示最热烈的祝贺！向养育你们的父母、培养你们的老师表示衷心的感谢！

在去年毕业典礼上，我给上届毕业生的临行寄语是：希望同学们做敢闯善创的开拓者；今天，我送给你们的临别赠言是：做自己人生的“工匠”。

最近，很多人都向我推荐一部电视连续剧——《欢乐颂》，这部剧就像盛夏的天气一样火热，相信在座的很多同学都追过。这部剧由我校中文系99级校友袁子弹改编，讲述了五个背景不同、性格迥异的女生共同遭遇青春迷茫的故事。有人说，本想要成为“精英海归”，过得像“白富美”，结果活成工资不够花的“职场小白”，最后变成矛盾迷茫的“大龄剩女”。这些情景一定程度上是大学生们从学校走入社会后打拼的真实写照。同学们，谁的青春没有迷茫过？如何找到一条通往成功的路径？这就需要你们在时代洪流中找准人生的坐标与前行的方向，倾心打磨自己，精心雕刻自己，做自己人生的“工匠”。

今年年初，李克强总理在出席钢铁和煤炭行业产能过剩座谈会时，谈到一个让中国人感到震惊而又惭愧的事实：中国人可以造飞机、修高铁，却连圆珠笔上一颗小小的笔珠都要依赖从国外大量进口；相比之下，仅拥有 8000 万人口的德国，长期执着于对每一个产品精度的不懈追求，打造出了 2300 多个世界级品牌。这个事实值得我们反思：在实施“中国制造 2025”、打造“工业 4.0”的时代浪潮中，我们不仅需要大力倡导创新创业精神，还迫切需要找回中华文明古国曾引以为豪的“大国工匠”精神。“大国工匠”精神，不仅仅是制造业的需要，也不仅仅是企业家的需要，它代表一个时代的气质，是我们每一个人的事业追求与人生态度。

即将毕业的你们，也要依靠这种“大国工匠”精神，开创未来，探索成功。我们不可能改变自己的出身，但可以找准前行的方向；我们不可能改变人生的长度，但可以磨练人生的精度！下面，我讲述两位校友如何做自己人生“工匠”的故事，希望对你们的未来有所启示。

做自己人生的“工匠”，专注是首要品质。

20 世纪 90 年代，两个超级富翁——巴菲特和比尔·盖茨第一次会面，巴菲特从不喜欢 IT 人士，而比尔·盖茨对这个只会投资股票的人也不感兴趣。但是，晚宴上有人提出“人一生中最重要的品质是什么?”时，两位“大咖”不约而同地给出了相同的答案——专注。

大家每天都要用到电源插座，买插座你首选什么品牌?大多数人会选“公牛”。同学们可知道，公牛电器的董事长是谁?他就是一位“专注达人”，是我们 80 级机械工程系的阮立平校友。他 21 年如一日打磨品牌，最终树立起行业标杆，缔造了世界闻名的“公牛”品牌！

创业过程中，阮立平也经历过坎坷和探索。大学毕业后，他被分配到杭州一家机械研究所工作，先后卖过猪肝，卖过桃树，种过草莓，虽小有收获，但这些小打小闹并不能使他满足。后来，他开始推销和修理插座，在这过程中他发现了一个可以放手一搏的机会。从家庭作坊开始，他凭两万元贷款起家，先和弟弟合伙批发别人的零配件，后来一步步自己设计、生产、销售插座，直至在行业里树起了自己的品牌。做插座成功后，阮立平还尝试过进军节能灯领域，由于做得不精，结果亏了不少，这让他意识到："人这一辈子拥有的时间是有限的，能做成的事情也是有限的！一旦认准了的事情，就要心无旁骛地做下去，要做就要做到底。"因此，他把自己的事业最终定位于电器行业，一心一意做插座。因为专注，所以专业，他最终成为"中国插座之王"，缔造了年销售额超过20亿元、市场占有率全球第一的"公牛神话"！

阮立平校友的故事告诉我们，认准了的事业，就要专心致志地做下去。其实，人和人之间最小的差距是智力，最大的差别就是专注。专注意味着坚定的热忱，意味着坚持的恒心，意味着坚强的毅力。做自己人生的"工匠"，就是要专注，就是要抱元守一，就是要潜心钻研，就是要久久为功，就是要经得起诱惑，就是要耐得住寂寞，就是要咬定青山不放松！

做自己人生的"工匠"，求精是永恒追求。

大家一定还记得四年前"神舟九号"和"天宫一号"成功对接时令国人激动的场景，航天员刘旺在景海鹏、刘洋的协助下，精准操作控制手柄，不到七分钟一气呵成，漂亮完成太空中的"百米穿针"，实现了我国航天史上首次手动交会对接。"神九"航天员系统总指挥兼总设计师，就是我校78级数学系校友陈善广将军。"神九"与"天宫"的对接之所以被喻为"百米穿针"，是因为在时速上万公里的飞行状态下，要求宇航员手控操作将两个重量级飞行器接近时的角度偏差保持在1度以内，横向偏差控制在0.2米到0.3米。为了确保万无一失，陈善广带领他的团队模拟太空环境，进行了超过1500次的反复训练，终于创造了令世界瞩目的“中国精度”！

同学们，科学的精度关乎项目的成败，而人生的精度关乎事业的成败。“神九”团队1500次打磨成就了“中国精度”，而将人生这块石头雕琢成玉器又何止1500次！只有历经千锤百炼，矢志追求卓越，不断突破自我，才能最终实现从“量变”到“质变”的飞跃。无论人生的风向将我们带到何处，请始终保持一颗精益求精的“心”：做老师就要反复打磨教案，不断追求学问水平的“精深”；做医生就要认真琢磨每一个病例，不断追求医术水平的“精湛”；做程序员就要持续钻研编程技艺，不断追求代码产品的“精准”……也许一般人觉得做到99%就很了不起了，我们武大人还要继续向前，向99.99%甚至100%冲刺！

做自己人生的“工匠”，心正是“匠人”之魂。

阮立平校友创业之初，在他的家乡慈溪已涌现出几百家插座生产作坊，当周围的同行靠着生产劣质插座，赚得荷包满满时，他并没有动心，而是坚持研发“用不坏”的插座产品。很多人都觉得他傻：“质量这么好，都用不坏，你的产品卖给谁去?”阮立平这样回答：“正因为我们的产品用不坏，才会吸引更多人来买!”冒着炎炎烈日，他骑着三轮车，拿着自己设计的插座，挨家挨户地上门推销，终于以质量和诚信打开了市场。从“用不坏”，到“最安全”“最节能”，因为将用户放在首位，“公牛”笑到了最后，成为敢同“西门子”“松下”等国际大牌PK的国货精品！

同学们，做产品其实就如同做人，心正才是根本。为什么众多产品最后败给了“公牛”？那是因为品格决定品牌！“心正思无邪，意诚言必中。”在自我修炼的过程里，我们需要如“工匠”般时时打磨自我，以端正的品行、高雅的品位、高尚的品格，不断擦亮人生的品牌。在追逐成功的路途上，我们需要坚守诚信、正直与善良，让灵魂紧紧跟上；在实现个人价值的奋斗中，我们需要心系他人、胸怀社会，在关爱和奉献中释放自己的能量！

行久方为执着，品高方能致远。做自己人生的“工匠”，就是要用“大国工匠”精神打磨青春、锻造人生，成为行业领袖和国家脊梁，这是时代赋予武大人的使命！顶天立地、勇立潮头，武大人舍我其谁？追求卓越、铸造精品，武大人责无旁贷！

在你们即将启程之际，我再送上“四点希望”：

第一，希望你们扎根自己的领域王国，像蜗牛一样“一步一步往上爬”，不要让“我的青春我做主”成为频繁跳槽的借口；

第二，希望你们勇于挑战极限，不要做“差不多先生”和“还凑合小姐”；

第三，希望你们做顶天立地的“小巨人”，不要只想着自己的“小确幸”和“小时代”；

第四，希望你们“人生的巨轮”永远不沉，不要做玻璃心的“小公举”，让“人生的小船”说翻就翻。

最后，愿你们每一个人都能做一位出彩的人生“工匠大师”！

祝你们的明天更加美好！武大永远是你们的家，请你们常回家看看！

叩问初心，让灵魂与脚步同行

——在武汉大学2016级新生开学典礼上的讲话

李晓红

（2016.9.10）

亲爱的同学们：

上午好！

山水一程，三生有幸。走进珞珈山大门那座“国立武汉大学”牌坊，年华最美的你们终究邂逅了最美的武大。这是一种选择，更是一种机缘。今天恰逢第32个教师节，教师的最大欣慰就是“得天下英才而育之”，在此，我谨代表全校师生向你们表示最热烈的欢迎！今天也有很多家长参加开学典礼，在此我向养育你们的父母表示衷心的感谢！

作为校长，我一直在思考，每年“新生第一课”讲什么。前不久，我读到台湾某作家的一篇散文，深有感触。他说：“回到最单纯的初心，让世界的吵闹去喧嚣它自己吧，只愿我们心怀清欢，以清净心看世界。”这让我想起习近平总书记在今年“七一”讲话中对共产党员和全国人民的告诫：“不忘初心，继续前进。”我想，在当今这个快速发展、选择多元、日益浮躁的时代，我们每个人在匆匆前行的路上都应留点时间，安静下来叩问自己的初心，不要因为走得太快而忘记了信仰，丢掉了灵魂，迷失了前行的方向。

那么，什么是初心？我以为，初心并非仅仅是指最初确定的目标和梦想，更是指做事的初衷和缘由；更深一步讲，是指人生的本意，是对生命本源的叩问，是对精神信念的反思。因此，我今天要讲的主题就是：叩问自己的初心，让灵魂与脚步同行。这对于今天站在人生新起点的你们，具有非同寻常的意义。

下面，我谈三点感想与大家共勉。

跨入黉门，你们应当叩问初心：如何找准前行的方向？

同学们，十多年来你们使出“洪荒之力”，成为高考搏战的佼佼者。你们肯定想过千百次：“我为什么上大学？”但你们是否已经想清楚：“我将要在大学里收获什么？”“我的人生方向在哪里？”

有这样一位新生，他患有先天性腰脊膜膨出，下半身瘫痪，没有知觉，从幼儿园到高中，都是靠妈妈背到教室上课；因为不能久坐，只能在教室最后面放一张床，趴着学习。面对一般人无法忍受的艰难困苦，他始终乐观向上。他说：“我不觉得自己特别苦，每个人都有自己的困难。”凭着一股永不言弃、顽强拼搏的精神，“趴着”学习的他超越了很多“坐着”学习的人。因为，一颗强大的心能够征服星辰大海，一种坚定的信念必定让生命破茧成蝶。今年，他以优异成绩考进了武汉大学！我讲的这位同学，他就坐在你们中间，他就是我校数学与统计学院朱志强同学！让我们向他致以最热烈的掌声！

前天我和朱志强同学交流过，我对他的未来充满信心，因为他很清晰地知道自己的人生出发点。他说：“我要通过发奋学习，成为一个对社会有用的人。”这句话很朴实，但我能听到他源于内心深处的声音。我想，如果一个人清楚地知道“最初为什么开始？”“最终要到哪里去？”哪怕历经艰险，也会乐观地把困难踩在脚下。

同学们，在即将开启的大学生活里，我希望你们从自己的初心开始，认真聆听来自内心的声音，不断充实你们的梦想；我希望你们在新的环境下好好审视自己，努力找准自己擅长的领域；我希望你们找准人生的方向，做自己想明白了的事。这样，你们一定不会后悔，一定不会放弃，一定可以享受成长的快乐，一定能够获取不断前行的力量！

感悟武大，你们应当叩问初心：如何浸润珞珈的精魂？

从踏入珞珈山那一刻，你们就有了一个伴随一生的共同名字："武大人"。你们肯定想过千百次："我为什么选择武大？"但你们是否想过："武大到底是拥有怎样一种精神气质的大学？""怎样才能成为真正的武大人？"在很多人眼里，武大是风景迷人的樱花城堡，是充满神秘的知识殿堂。但是，当细细品读武大的人和事，你们就会明白，武大的精魂在于一种大胸怀、大视野、大气魄和大追求！

我校中南医院著名专家桂希恩教授，是中国艾滋病高发区的最早发现者，他曾经冒着被殴打的危险，数十次深入艾滋病重灾区调查疫情，并多方奔走，努力争取国内外对艾滋病患者和孤儿的资助；为了证明艾滋病不会通过日常接触传染，他把艾滋病人接到家中与他们同吃同住，用博大的爱心医治患者，抚慰饱受病痛折磨的灵魂。2004 年，他被评为"感动中国十大人物"，CCTV 颁奖词这样评价他："一个教授的 5 年，影响一个民族 500 年。"桂希恩教授的故事不仅感动了中国，也感动了共和国总理。温家宝总理登门拜访，亲切地称他为"亲密的挚友"。在武大 120 多年办学历史上，像桂希恩教授这样的武大人还有很多，他们求真、求新、求实、求善、求美，他们的精神延续着一所大学的初心，铸就了一所大学的灵魂。

同学们，武大绝不只是一个让人流连的美妙景点，也远不是一个实用技能的训练场所，它是一个让灵魂苏醒、让心灵飞翔、让信念点燃的地方。我希望你们不仅要掌握高超的专业技能，不仅要练就创造、创新和创业的能力，不仅要积淀深厚的人文底蕴和科学素养，更要熔铸武大的精神，涵育武大的气质，浸润武大的精魂！我希望你们树立探索真知、追求真理的理想，培育心系苍生、福泽万邦的情怀，塑造坚韧刚毅、志向超迈的品格，怀抱开拓创新、敢为人先的勇气，努力做一个顶天立地、追求卓越的武大人！

期许未来，你们应当叩问初心：如何铸造更有意义的人生？

对于刚进武大的你们来说，拥有一个成功的人生似乎还是一个遥远的话题。但是，一个人在成长过程中对人生价值的衡量和对责任担当的品悟，将决定他未来的路能走多远。你们对未来肯定有自己的期许，有的想当科学家，有的想成为企业家……但你们是否认真思考过："什么才是真正的成功？""什么样的人生才是真正有意义的人生？"

我校 1978 级哲学系艾路明校友，在研究生毕业后与 7 个同学凑了 2000 元开始创业。经过近 30 年辛勤创业和打拼，创建了当代科技公司，于 1997 年 6 月成功上市，成为湖北省首家上市的民营企业，迄今公司资产逾 500 亿。在赢得巨额财富和众多社会荣誉之后，艾路明出人意料地选择退居商业王国幕后，将主要精力投入公益事业。1995 年，他主动向地方政府请缨，担任武汉市洪山区九峰乡的一个贫困村——新洪村的村支部书记，带领村民脱贫致富。一般人很难想象，一个资产过百亿的老总到底为何要在一个小乡村里当村支书。经常有人很不理解地问他："你这是图什么啊？"艾路明淳朴憨厚地回答："中国的农民实在是太苦了，我只想尽我所能帮助他们，我只想有一个简单的身份，就是新洪村村支书，当村支书很开心。"我想，这就是艾路明校友最简单、最美的初心。这就是他的价值追求！这就是他为理想出发的原点！正是这种对初心的守望，让艾路明成功后勇敢地担负起武大人的社会责任与使命！

同学们，我以为，"出任 CEO，迎娶白富美，嫁个高富帅，做人生赢家"，从来都不应该是人生的终极目标。我希望，你们要学会拒绝“精致的利己主义”和“冷漠的自我主义”，成为一个志向高远、品行高尚的人，正如武汉大学人才培养目标所要求的那样，武大培养的学生“要努力成为具有坚定民族精神和开阔国际视野、强烈社会责任感和使命感、人格健全、知识宽厚、能力全面，能够引领未来社会进步和文明发展的国家脊梁和领袖人才”！

《论语》有云：“君子不器。”也就是说，人不能仅仅局限于文凭、技能、名利等器物层面，应明达天道、地道、人道，担负起修身、齐家、治国、平天下的重任。其实，我们对“道”的追求，就是叩问初心、探求初心、践行初心的过程！

同学们，你们的大学时光即将开启，我寄语你们“四点期待”：

期待你们认真审视自我，设计好属于你们的精彩大学生活！

期待你们珍惜武大赋予每个学生兴趣发展的自由空间，充分释放你们的个性与潜能！

期待你们保持阳光心态，心中永存“希望和感恩”，积极回报家庭和社会！

期待你们不忘初心，砥砺前行，取武大敢为天下先、勇担天下任之势，成为顶天立地的“武大郎”！

最后，衷心祝愿你们在武大学业有成、生活快乐！

窦贤康　校长

窦贤康，汉族，安徽泗县人，1966 年 1 月出生，研究生学历，博士学位。1985 年 10 月加入中国共产党，1987 年 7 月参加工作。空间物理学家，中国科学院院士，教授、博士生导师。2016 年 12 月至今任武汉大学校长，2017 年 4 月任武汉大学党委副书记。

追求卓越

希望与责任

——在武汉大学2017届毕业生毕业典礼上的讲话

窦贤康

（2017.6.22）

亲爱的同学们：

上午好！

今天，是专属你们的盛大节日；今天的毕业典礼，是专属你们的荣耀时刻。学成毕业，对青年学生有特别意义。今年，学校一改往年毕业典礼的形式，以进一步彰显大学对学生应有的重视、对知识应有的尊重、对学术应有的景仰。

你们是学校第一届全体身着学位服参加毕业典礼的毕业生。这份仪式感、庄重感和荣誉感，应该属于在这个校园里努力奋斗、学有所成的你们。

你们是学校第一届在富有历史感的“九一二”操场参加毕业典礼的毕业生。这里，南有苍翠的珞珈山，北有浩渺的东湖水；这里，不仅见证了武大风云际会的历史，也留下你们太多的青春回忆。

你们是我来武大当校长后送走的第一届毕业生。你们即将踏上人生新的征途，我特地请学校给你们每人赠送一份“毕业大礼包”。礼包算不上贵重，但寄托着母校对你们的深深祝福和依依不舍！

我来武大工作刚刚半年，半年里，我努力地参加各类学生活动，武大学生给我留下了极其深刻的印象。经受了武大百年深厚文化熏陶的你们，身上透射出特有的精神气质。你们始终充满青春活力，洋溢着热情与自信。从你们身上，我看到了武大未来的希望。

前不久，在参加学校“风云学子”颁奖活动时我惊喜地发现，我们武大学生具有强烈的创新意识和创新精神，其中有的学生在读期间就发表了20多篇SCI论文，还有的学生拥有30多项发明专利。在创新引领发展的当今时代，你们一定能够充分施展你们的青春才华。从你们身上，我看到了国家繁荣发展的希望。

不仅如此，我还发现武大学生具有广阔的全球视野和强烈的社会责任感，有20多年来坚持从我做起、致力于改善人类环境的“绿舟环保协会”，有行走于“一带一路”多个国家、开展大型调研的社会实践团队……在这个开放、合作、互利、共赢的全球化时代，你们有舞台、有能力也有责任去引领潮流、影响世界。从你们身上，我看到了中国作为全球性大国在世界舞台上快速崛起的希望。

习近平总书记说过：“青年一代有理想、有担当，国家就有前途，民族就有希望。”同学们，你们正处于实现中华民族伟大复兴的关键阶段，未来寄托在你们身上，时代的责任更需要你们去担当！

我期待你们永葆一颗“中国心”，主动担起民族复兴的责任。

最近，网上流传着两个留美学生在美国大学毕业典礼上讲话的视频。前不久，有位中国留学生在美国马里兰大学演讲时说，“美国连空气都是甜的”，这种贬低祖国、博取一些对中国有偏见的美国人好感的行为受到了谴责。去年，另一位中国留学生何江在哈佛大学毕业演讲中讲述了他中学时期被毒蜘蛛叮咬后，他的母亲用火烤酒浸棉纱的土方法治疗的故事。这位从湖南农村走出来的青年，没有抱怨家乡的贫穷，而是学到生物知识后，思考如何用自己的力量传递知识给他的家乡以及像他家乡一样迫切需要知识的地方。这，才是当代青年知识分子应有的担当！

同学们，在你们周围，就有无数学子以“大山里的魔法教室”“研究生支教团”等多种多样的行动方式，践行着对国家的责任和对社会的担当。我希望你们无论身处何时、何地，无论身处人生什么阶段、什么岗位，都要永葆一颗赤诚的“中国心”，都要常怀家国之情，常念报国之志，常思兴国之道！

我期待你们敢为人先，主动担起推动科技创新的责任。

世界上恐怕没有哪个民族比中华民族对发展科技有如此迫切的期望，科技落后曾使得近代中国不断地遭受外族凌辱，国家几近灭亡。一代又一代中国知识分子视民族复兴为己任，如中华人民共和国成立初期的钱学森、郭永怀，他们放弃了国外的职位，毅然踏上回国之路，白手起家投身“两弹一星”事业；改革开放后，一大批留学生放弃国外较为优越的生活条件，加入祖国的科技现代化进程。当今中国，在航天、高铁、量子信息、电子商务等科学技术领域已走在世界前列。要使中国进一步从大国走向强国，唯有靠科技创新。而科技创新的重担无疑要落在中国年轻一代知识分子身上，这，就是你们的责任！

同学们，武大毕业生素来就有创新的禀赋，投身科技创新是武大人天然的责任。武大校友中，涌现出“小米科技”董事长雷军、中国载人航天工程航天员系统总指挥兼总设计师陈善广等一大批杰出代表。我希望你们大力弘扬“创造、创新、创业”的精神，用你们的激情与活力，努力推动新技术的突破，催生新产业的变革，带动新业态的诞生！

我期待你们胸怀天下，主动担起影响世界的责任。

当今世界，国家之间的交流更加频繁，合作更加紧密，人类命运休戚与共。作为青年一代，你们理应放眼全球，胸怀世界，主动担当起影响世界、改变世界的责任。

同学们，我希望你们永远保持对人类苦难最深切的怜悯，就像文学院的毕业生黄颖琳同学一样，远赴卢旺达对话大屠杀中的幸存者，为推动世界和平与发展贡献自己的力量。希望你们充分展现大国儿女的自信，就像外语学院的江山同学一样，在APEC会议上尽显武大人的风采。这，就是你们应有的气度！

同学们，在我们的校史馆，刻着原国立武汉大学教务长朱光潜1944年给毕业生的题词——“个人温饱以外，别无高尚理想，士当引以为耻。”这句话到如今仍让我们振聋发聩。你们应当明白，武大培养的学生从来不只是为了个人的谋生，而是以实现国家富强、推动社会进步、谋求人类福祉为己任！

同学们，今天你们即将开启人生新的征程，此时此刻，千言万语也难以表达母校对你们的不舍。你们的学姐喻杉在给母校的一首散文诗中这样写道：

> 武大的学子也是树
> 是带着武大之树的魂魄走向四面八方的
> 武大学子的根不管植于何处
> 总会有一支伸向珞珈山

请你们一定记住，无论将来飞得多高、走得多远，你们永远都是武大的孩子，珞珈山永远都是你们的精神家园；当你们累了、倦了，母校的怀抱永远为你们敞开。山水一程，三生有幸，你们永远是最美丽的武大人！希望你们常回家看看！

谢谢大家！

成就未来从读懂武大开始

——在武汉大学2017级新生开学典礼上的讲话

窦贤康

（2017.9.9）

亲爱的同学们：

大家上午好！

今天，又是一个崭新的开始。从今天起，来自五湖四海的你们，就拥有了一个共同的名字——“武大人”。武大，这个名称将伴随你们的一生！热烈欢迎你们，珞珈山的新主人！

你们是我作为武大校长迎接的第一届学生，对你们，我有一种特别的喜爱。我比你们早来十个多月，也正在经历一个从向往武大、走进武大到融入武大、爱上武大的过程。今天，我以一个“新武大人”的身份告诉你们：来到武大，绝对是正确的选择，你们应该有理由感到骄傲和自豪，也应该有信心对未来充满期待！

作为新校长，要办好武大，首先要读懂武大；你们作为武大的新生，要度过大学时光，成就精彩未来，也需要读懂武大。

当你们走进武大，武大是一幅精美的画。

武大之美，相信同学们早有耳闻。郭沫若先生曾在《洪波曲》一书中将武大称赞为“武汉三镇的物外桃源”，说“太平时分在这里读书，是有福了”。来武大之后，当我看到东湖烟波浩渺、建筑中西合璧、珞珈钟灵毓秀，不由感叹武大确实是当之无愧的“全国最美大学”和“世界最美大学之一”。

美的环境，锻造美的教育，产生美的力量。一代代武大人匠心独运、潜心营造，将优美的校园风光与优良的爱国传统、优秀的学术传承相结合，造就了武大特有的“三优”育人环境。120多年来，从这里走出了包括100多位“两院”院士在内的一大批大师鸿儒，成就了以“泰康人寿”陈东升、“小米科技”雷军、“融创中国”孙宏斌等为代表的一大批科技精英、企业英才和社会名流，更涌现了“最美支教玫瑰”赵小亭、“最美大学教师”余功茂等开社会风气之先的“道德群星”。

大学之美，不仅在于山水和建筑相得益彰，还在于科学和人文完美融合，更在于内在和外在的有机统一。同学们，我们每一个武大人都要向美而行，用心感受和发现美，充分汲取和传承美，不断追求和创造美，大力弘扬和传播美，努力在最美校园成就最美人生！

当你们识读武大，武大是一本厚实的书。

跨越三个世纪的武大，是一所底蕴深厚的大学，是一所大师云集的大学，是一所闪耀学术光辉的大学。打开武大这本书，你们会了解到，自1893年清末湖广总督张之洞创办自强学堂以来，无论是历史的风云际会还是时代的变革大潮，武大都写下了浓墨重彩的一笔，积淀了深厚的人文底蕴；你们会发现，在不同年代都有一批知名学者云集珞珈，如李四光、闻一多、郁达夫、叶圣陶，以中文系刘永济、刘博平、陈登恪教授为首的“五老八中”，以及在国际法、世界史和发展经济学领域成就斐然的“哈佛三剑客”韩德培、吴于廑、张培刚教授等，无数武大学人在珞珈山立起了一座座学术的丰碑；你们还会感叹，武大人测绘遥感经天纬地扛鼎世界三强，水电工程治理水患创造禹功伟业，生命医学探索人类奥秘攻克世界难题，一批学科享誉海内外！

学者、学科、学术是大学最核心的要素，是大学生存和发展最重要的根基，是武大这本书中最深厚的内涵。同学们，希望你们从武大这本书中汲取充足的营养，努力让自己学贯中西、厚积薄发！

当你们品味武大，武大是一首昂扬的歌。

近现代以来，无论在民族危亡之际还是国家振兴之时，无论在教育改革之途还是社会转型之路，武大始终弦歌不辍、奋勇前行，展现出一所大学卓越的精神气度。从王世杰老校长说“武汉大学不办则已，要办就办一所具有崇高理想、一流水准的大学”，到如今全力推进“双一流”建设，一代代办学者赓续追求卓越的“武大梦”；从“前方将士效命疆场，后方教授当尽瘁于讲坛”的吴其昌教授，到与林彪“顶峰论”作坚决斗争、献身真理的李达老校长，再到首倡恢复高考的查全性教授，一代代学者挺立着武大人的风骨；还有一大批学子和校友在不同时代担纲社会责任，用青春和汗水谱写人生赞歌。细细品味武大，你们会深刻体会，始终有一种自强不息、坚韧刚毅的品格挺拔着武大人的脊梁，有一种敢为人先、勇于创新的精神根植于武大人的灵魂，有一种教育报国、造福社会的担当指引着武大人的方向，这就是“珞珈的根”“珞珈的魂”！

卓越的大学必须是有灵魂的大学，一所有灵魂的大学才能培养出有灵魂的学生。大学是社会文明进步的高地，大学教育不仅是知识的教育，更是塑造灵魂的教育。珞珈之“魂”，就在于有崇高的价值追求，就在于有浓厚的爱国情怀，就在于有强烈的社会担当。我期待你们感悟和涵育武大人独有的精神气质，不断提升你们的思想境界！

同学们，你们的“珞珈时光”即将开启。站在人生新的起点，只有读懂武大，才能从武大深厚的积淀中汲取前行的力量。下面，我提三点希望，与同学们共勉。

希望你们练就强健体魄、培育积极心态、养成健全人格，做一个积极向上、心胸豁达的武大人。

在大学，建议你们去看一看东湖水，爬一爬珞珈山，让武大之美浸润你的心灵、陶冶你的情操、熏陶你的气质；希望你们学会倾听与沟通，学会分享与合作，学会理解与包容，学会有滋有味地生活、有情有义地交往。在最美的大学，希望你们拥有健康，并收获最美的友谊和爱情。

希望你们学会获取知识，敢于大胆质疑，不断追求创新，做一个独立自主、求真务实的武大人。

大学的目的就是追求真理，做好学问是我们每一个大学人的第一要务。当今时代，创新已经成为经济社会发展最主要的驱动力，希望你们打牢知识基础，培养创新意识，大胆怀疑和批判，有意识地培养对知识的好奇心、想象力和创造力，提高自己发现问题、分析问题和解决问题的能力；希望你们把武大作为综合性大学的多学科优势、作为研究型大学快速发展的科研优势、作为向国际化大学迈进的开放优势，转化为自身成长成才的优势，在大学写下属于你们的精彩。

希望你们拓展全球视野、培养家国情怀、担当社会责任，做一个志存高远、敢当敢为的武大人。

武大培养的学生从来不只是为了个人的谋生，而是以实现国家富强、推动社会进步、谋求人类福祉为己任。我希望，你们好好地体会什么是珞珈之“魂”，让它在你们的身上得到传承与光大。在这个走得太快容易丢失灵魂的时代，希望你们让自己的灵魂紧紧跟上前行的脚步，从珞珈山眺望世界，主动担纲社会责任，努力做社会的栋梁和国民的表率。

同学们，在学校宋卿体育馆旁边的鲲鹏雕塑上，镌刻着“北冥深广，鲲翼垂天；云搏九万，水击三千”之句。我希望你们像鲲鹏一样立大志、得大观，而后创大业、成大事！

最后，衷心祝愿你们在武大学业有成、生活快乐！谢谢大家！

理想与担当

——在武汉大学2018届毕业生毕业典礼上的讲话

窦贤康

（2018.6.22）

亲爱的同学们：

大家上午好！

今天是一个值得庆贺的日子，你们圆满结束了在珞珈山的求学生涯，即将告别母校，开启人生新的征程。在此，我向你们表示最诚挚的祝贺和衷心的祝福！

今天的仪式盛大庄严，我们将以平等的方式为万余名毕业生中的每一位学生拨正流苏，以此见证你们在武大求学期间流过的辛勤汗水和取得的优异成绩。

今天对我而言，也是个特殊的日子。千里之外，我的女儿同样今年大学毕业，也要迎接属于她的重要时刻。此时此刻，此情此景，看到你们，就如同看到自己的孩子一样，我为你们欢喜，为你们激动，为你们骄傲，也为你们的离开感到不舍。前些天，我听有位同学说，“想把武大的一切全部装进口袋，打包带走”，我听了深受感动。为此，在学位授予的扶正流苏环节，学校特地为你们每一位都安排了专属摄影师，让相机定格你们在武大求学期间最为荣耀的瞬间，让你们带走对母校的留恋和记忆，也带走母校对你们的期许和祝福！

时光荏苒，武大见证了你们最美好的青春时光，你们也见证了武大发展的点点滴滴。最近，武大好消息不断：学校在基础理论研究领域取得新的突破，一个月内就有宋保亮、刘正猷两位学者在世界顶尖学术期刊 *Science* 和 *Nature* 正刊上发表高水平论文；与此同时，学校在技术创新上取得了新的进展，由武大牵头研制的全球首颗专业夜光遥感卫星“珞珈一号”发射成功；学校核心竞争力和国际影响力也有了新的提升，在最新公布的 QS 世界大学排名中连续第 4 年进入全球 300 强，位居内地高校第八。同学们，把武大办成一所具有卓越精神和一流水准的大学，是我们每一个武大人的共同理想，这个理想正在一步一步地变为现实。我相信，在不久的将来，你们每一个人将为武大感到更加荣耀和自豪！

没有学生，无以为大学。培桃育李、涵育英才，是大学之根本。学校特地把 2018 年确定为“学生为本年”，就是为了在全校进一步强化全员育人、全过程育人、全方位育人的意识，就是为了进一步引导广大教师和管理干部为学生成长成才做一些实实在在的事情。昨天，教育部召开了新时代全国高等学校本科教育工作会议，部长陈宝生同志指出，高等教育战线要树立“不抓本科教育的高校不是合格的高校”“不重视本科教育的校长不是合格的校长”“不参与本科教育的教授不是合格的教授”的理念。过去一年，学校从你们成才的核心环节发力，花大力气开设了一批新的高质量课程，加大了通识课改革力度，引导高水平人才为本科生授课，我本人本学期也在给弘毅学堂的本科新生上物理基础课，目的就是要把你们培养成为基础扎实、具有发展后劲的拔尖人才；学校从你们一生的长远发展考虑，实行“三学期”制改革，鼓励并支持教师为学生开设一批高水平研讨课，鼓励和支持学生开展“第二课堂”素质拓展活动，鼓励和支持学生出国交流学习，目的就是要全面提升你们适应时代发展和参与国际竞争的能力；学校从你们的思想成长与成才服务出发，严格辅导员选聘和考核机制，目的就是要让辅导员真正成为你们的知心人、贴心人与领路人；学校从你们日常生活细微处入手，不断改善学习环境和生活条件，目的就是要让教室更明亮、宿舍更舒适、食堂更干净、校园更安全。我曾经承诺过："炎热的夏天一定不再让同学们在食堂吃饭时满头大汗！"所有这些，到现在也许还没有做好，但学校责无旁贷必须继续努力！

同学们，武大值得你们回味的，不仅仅是美丽浪漫的校园，你们更应该认真思考：是否已经真正领悟到武大之魂。因为，大学精神才是一所大学经久不衰的核心所在，才是伴随你们一路前行的持久精神力量！

来武大工作不到两年，我也一直在感悟武大精神。我所体会到的武大精神，就是"两弹一星"科学家俞大光、"中国核电之父"欧阳予等一代代武大人将个人理想与国家命运紧紧相连的报国情怀；就是武大始终站在中国高等教育改革前沿、广大校友在各自岗位上敢为人先的创新精神；就是在125年来特别是西迁乐山八年苦难中自强不息、奋发向上的坚韧品质！大学是民族精神的延续，大学培养的人才应该是最具担当精神的民族脊梁。今天，我与你们一起重温武大精神，就是希望你们在未来的人生道路上，秉持武大精神，胸怀高远理想，勇担时代重任！

同学们，今年"五四"期间，习近平总书记深切寄语广大青年学生："我们面临的新时代，既是近代以来中华民族发展的最好时代，也是实现中华民族伟大复兴的最关键时代，广大青年既拥有广阔发展空间，也承载着伟大时代使命。"时代强烈呼唤所有武大学子，主动融入国家发展，把握时代发展方向，做时代的领跑者！

担当时代的领跑者，就必须立爱国志，传承报国精神。一代人有一代人的责任，一代人有一代人的担当。1968年，"两弹"元勋郭永怀先生在做完核试验回京途中，因飞机失事不幸牺牲，在生命的最后一刻，他和警卫员紧紧抱在一起，用几乎被全部烧焦的身体，保住了装有绝密数据的公文包，因为在他看来，这些研究数据比生命还重要！在那个条件艰苦、百废待兴的年代，以郭永怀先生为代表的老一辈科学家，以强烈的报国情怀与家国担当，把全部精力、智慧甚至生命毫无保留地奉献给了新中国。30 年后，还在国外留学的潘建伟院士看到郭永怀先生的纪录片，泪流满面，立志回国报效祖国，经过十几年的努力，他终于将世界上第一颗量子卫星“墨子”号送上太空，使我国量子信息研究能够领跑世界。像潘建伟院士一样，伴随改革开放成长起来的一代科学家们，主动将个人发展融入国家发展的大格局之中，为国家科技快速发展和经济建设做出了不可磨灭的贡献。作为新时代的青年，建设社会主义现代化强国、实现中华民族伟大复兴，需要你们从前辈先贤那里接过接力棒，始终与祖国同心、同向、同行，主动担当起属于你们这代人的报国使命！

担当时代的领跑者，就必须创所未创，勇做开路先锋。前不久，在全国院士大会上我亲耳聆听了习近平总书记对于建设世界科技强国的期许。他强调：“关键核心技术是要不来、买不来、讨不来的。”“中国要强盛、要复兴，就一定要大力发展科学技术，努力成为世界主要科学中心和创新高地。”刚刚与同学们分享人生感悟的吴光胜校友，就是瞄准了国家重大战略需求，历时 15 年，全力攻克芯片技术难题，终于研发出太赫兹集成实验芯片，在世界高新技术领域竞技中贡献“武大力量”。当前，中国经济要实现从高速增长向高质量发展转变，迫切需要你们在科技、经济、社会等各个领域创前人之所未创，努力推动新技术的突破，催生新产业的变革，带动新业态的诞生。

担当时代的领跑者，就必须练真本领，永葆坚毅之心。要领跑一个时代，除了具备前瞻的视野、开阔的胸怀、精准的眼光之外，还要拥有积极的心态和执著的毅力。武大龙舟队的队员们为了武大的荣誉，几个月来一直刻苦训练，为了练就一身真本领，许多同学还受了伤。一周前的“同城双星”比赛中，在起步不利的情形下，队员们不气馁、不服输，全程奋力追赶，在冲过终点后，我等着龙舟返回好安慰他们，但他们迟迟没有划回来，船静静地浮在湖面上，我看到他们低着头、咬着牙、含着泪，不服输的劲头写在每个队员脸上。虽然未能夺冠，但他们对成功的渴求和永不言败的精神，让我深受感动。奋斗的青春，才是最美的青春。我希望，你们以一种"士不可以不弘毅"的坚毅品格和持久定力，用奋斗为青春涂上最鲜亮的底色。

同学们，你们的学姐喻杉在给母校的一首散文诗中这样写道："武大的学子也是树，是带着武大之树的魂魄走向四面八方的。武大学子的根不管植于何处，总会有一支伸向珞珈山。"

请你们一定记住，无论将来飞得多高、走得多远，你们永远都是武大的孩子，珞珈山永远都是你们的精神家园；当你们累了、倦了，母校的怀抱永远为你们敞开。山水一程，三生有幸，你们永远是最美丽的武大人！

最后，借用一句歌词来表达学校对你们的依依不舍之情："还记得你答应过我，不会让我把你找不见，可你跟随南归的候鸟飞得那么远！"2018 届全体毕业生们，请你们记得母校对你们的眷念，记得常回"珈"看看！

谢谢！

让优秀成为武大学子的时代担当

——在武汉大学2018级本科生开学典礼上的讲话

窦贤康

（2018.9.9）

亲爱的同学们：

大家上午好！

今天站在这里，我的心情十分喜悦。随着学校事业的快速发展，武汉大学越来越受到广大中学生的喜爱，今年学校本科生生源质量再创新高。“择天下英才而育之”，是我们教育工作者毕生最欣慰的事。看到珞珈山迎来你们这批优秀的年轻学子，作为校长，我感到无比的幸福。在此，我代表全校师生，欢迎你们成为珞珈山的新主人！也向多年来精心培育你们的家长和老师们，致以衷心的感谢和诚挚的敬意！

武汉大学被誉为全国最美大学，也是一所具有深厚人文底蕴的大学，更是一所不断追求卓越的大学。125年来，她为国家培育了无数优秀的栋梁之才，从这里走出了包括100多位两院院士在内的学术大师、文化名流、企业精英和行业骨干。今天，我们用来举行典礼的卓尔体育馆，就是由第八届杰出校友阎志学长捐赠的。由校友捐资兴建的还有万林艺术博物馆，用于研究生教育的当代楼，用于文科教学科研的振华楼等，这每一座建筑、每一份捐赠、每一笔奖助学金，都饱含着校友们对母校的深情厚谊，也反映了武大人才培养的杰出成就。近年来，在国家“杰青”“优青”获得者中，本科毕业于武大的人数位列全国高校前列，从一个侧面反映出武大学子的出类拔萃。现在，你们这个优秀群体的加入，让我对武大的未来更加充满期待！

大学之大，在于大师之大；大学之优，在于学生之优。人才培养是大学的根本使命，为学生提供最好的教育是一所大学孜孜以求的目标。长期以来，武大始终坚持“人才培养为本，本科教育是根”的教育理念，致力于以最优质的教育资源培养最优秀的学生。

我们将尽最大的努力，为你们提供更加优越的学习条件。大学是探求真理的地方，为了让你们更好地成长成才，学校近年来着力推行大类培养，打破院系壁垒，畅通转专业渠道；为了让你们得到最好的课堂体验和学术滋养，学校万里延揽最优秀的海内外人才，鼓励更多高水平才俊走上讲台传道授业；为了拓展你们的知识面，提升你们的国际视野，学校开设“第三学期”，提供丰富的海外交流机会，开设高品质的特色课程；为了帮助你们开拓视野、涵养人格，学校精心谋划并推行全新的通识教育，引导你们探索民族文化与世界文明的交融，深入思考人与社会、人与自然的关系。

我们将以最周到的服务，为你们创造更加优质的生活环境。大学是全校学子共同的家园，学校最希望看到你们在这个大家庭里幸福地生活、快乐地学习，最挂心你们的平安和健康。为了使你们心无旁骛地学习和成长，学校将改善食宿条件作为重中之重。近年来，学校按照高标准对学生宿舍进行了有计划、分阶段的修缮升级，对学生食堂进行逐步改造，翻修了运动场馆，不断提高公共服务设施水平，希望你们在一天的学习后，能够在窗明几净的食堂里吃到可口的饭菜，在温馨舒适的宿舍里休息放松，在设施齐备的运动场上锻炼身体，在最美校园里留下最美的回忆。

我们将用最深切的关怀，为你们营造更加良好的文化氛围。大学教育不仅在于充实学识，还在于涵养品格。武大在长期的办学历史中形成了优良的爱国传统、优秀的学术传承、优美的校园风光相结合的“三优”育人环境，凝练出“自强、弘毅、求是、拓新”的武大精神，熏陶和滋养着每一位身处其中的学子。学校大力提倡“尊重学者、崇尚学术”，通过举办“珞珈讲坛”等高端学术讲座，弘扬学术底蕴，传载治学精神；通过发挥周恩来故居、校史馆等历史文化建筑的育人功能，激发你们的爱国、爱校情感；通过举办以金秋艺术节、龙舟赛事为代表的社团文化活动，全面提升你们的综合素质。

同学们，创建一所世界一流的优秀大学，是学校的历史使命；对于你们而言，让自己成长为堪当民族复兴重任的优秀人才，是你们的时代担当。习近平总书记对新时代青年学子的成长成才有诸多期许和勉励，特别是在今年中美贸易摩擦不断升级、中国核心技术受制于人的状况仍未得到根本改变的背景下，习总书记在两院院士大会上语重心长地指出：青年是祖国的前途、民族的希望、创新的未来，青年一代有理想、有本领、有担当，科技就有前途，创新就有希望。世界大势和时代大潮呼唤优秀的人，去勇敢担负起科技强国的历史使命。武汉大学人才培养的目标就是要培养国民表率、社会精英和国家脊梁，我希望所有的武大学子都能把优秀变成一种自觉的时代担当！

让优秀成为一种时代担当，需要你们树立强烈的报国情怀。翻开珞珈百年历史，有无数热血报国的感人故事。著名物理学家桂质廷教授 1920 年从康奈尔大学毕业后，怀抱“科学救国”的信念回到满目疮痍的中国。他冒着日军的炮火探测地磁和电离层，在西迁乐山的武大建立了中国第一个电离层与电波传播实验室，开启了中国地球空间探测的研究。还有“珞珈三女杰”之一的苏雪林教授，不仅以笔为戈控诉侵略者罪行，还将自己多年来节衣缩食积攒的金条全部取出，捐给危难中的国家和抗战将士，成为一段佳话。在那个动荡的时代，无数武大人书写着对祖国的大爱、对民族的责任。同学们，国家的前途、民族的命运，是你们未来必须承担的重任。我希望你们在大学期间立大志、得大观，不仅要树立强烈的报国情怀，还要从现在开始就扎扎实实打好基础，不断锤炼报国的本领！

让优秀成为一种时代担当，需要你们培养卓越的探究精神。探究在于追本溯源的求真，在于独立思考的质疑，在于潜心钻研的创新，唯有探究才能不断地发现人类的奥秘和社会的规律。你们是否知道“意大利面现象”？意大利面在干燥的时候被折断，通常不会碎成两段，而是三段或者更多。也许大家见过，却没有细想为什么。但是这一现象激起麻省理工学院几个师生的兴趣，他们最终发现意大利面在弯曲过程中的二次波是导致面条碎裂成多段的关键因素，它还可以被应用于工程纳米管、细胞微管的控制。一个毫不起眼的日常现象却促成了科学进步，究其缘由，离不开探究精神。同学们，大学的各个学科领域同样需要你们去尽情地探究，尤其需要你们培养科学精神。我希望你们在大学期间培养严谨的科学思维、自觉的批判意识、卓越的创新精神，向着科学前沿进发，努力推动新技术、新方法和新模式的变革！

让优秀成为一种时代担当，需要你们开拓广阔的国际视野。武大以开放包容的风气闻名，这使得武大学子不仅会学，业余生活也丰富多彩；不仅关注社会，更眺望世界。你们的学长学姐里，有的关心弱势群体，创建了“魔法教室”“清泉计划”等公益组织，努力利用所学帮助他人；有的放眼国际舞台，积极争取到国际组织实习的机会，为推动世界和平与发展贡献自己的力量。同学们，当今世界，国家之间的交流更加频繁，合作更加紧密，人类命运休戚与共。你们的目光不要仅仅停留在自己身上，要以广阔的世界眼光仰望星空，要以超前的时代意识放眼未来，到时代大潮中去创造更加丰富的人生。

1929年，老校长王世杰说："武汉大学不办则已，要办就办一所具有崇高理想、一流水准的大学。"如今，把武大办成一所更加崇尚学术、更加追求卓越、更加关爱学生、更加担当有为的大学的目标已经明确。优秀是武大的一种品质，是代代武大人根植于心的文化基因，是代代武大人血脉相连的不变传承。古希腊哲学家亚里士多德曾说：让优秀成为一种习惯。我期待，今后的日子里，你们把优秀变为贯穿一生的自觉行动，变成奋发有为的时代担当，因为武大人不做则已，要做就做时代的奋进者、开拓者和领跑者！

最后，祝愿大家在珞珈山学习顺利，生活愉快！

矢志追科学梦，实干圆强国梦

——在武汉大学2018级研究生开学典礼上的讲话

窦贤康

（2018. 9. 9）

亲爱的同学们，

大家下午好！

今天，是武汉大学进入21世纪以来第一次专门为研究生新生举行开学典礼，你们既是历史的亲历者，也是历史的见证者。在这里，我代表全校师生员工，对9000多名新同学的到来，表示热烈的欢迎，祝贺你们成为珞珈山的新主人！

跨越了三个世纪的武汉大学，无论是在烽火连天的岁月，还是在和平建设年代，珞珈山下始终名师荟萃、大师云集，他们以高远的学术追求、坚毅的学术品格和丰硕的学术成就，铸就了珞珈山深厚的学术根底，营造出浓郁的学术气息，培育了“自强、弘毅、求是、拓新”的珞珈之魂。如今，新时代的武大人正沿着前辈先贤的足迹，在许多领域取得了新的进展和突破：今年，学校在QS世界大学排行榜中稳居全球300强；宋保亮、刘正猷两位教授先后在世界顶尖学术期刊*Science*和*Nature*发表高水平学术论文；由武大牵头研制的全球首颗专业夜光遥感卫星“珞珈一号”成功发射。学校日益增强的学科实力、稳步提升的核心竞争力和不断拓展的国际影响力，将为你们在研究生阶段的深造提供丰富而宝贵的教育资源。

今年是我国改革开放40周年，也是国家恢复研究生教育40周年。研究生教育作为国民教育的顶端，承担着“高端人才供给和科学技术创新”的双重使命。武汉大学研究生教育的目标，就是要培养具有前瞻视野、扎实知识、创新思维、健全人格，能够引领社会进步和人类文明发展的优秀学者和行业精英。放眼当今世界，新一轮科技革命和产业革命正蓄势待发，谁在科技创新方面取得优势，谁就能占据未来发展的主导权。经过多年发展，当今中国已从站起来到富起来，并正在向强起来实现历史性飞跃，在很多领域取得了骄人的成绩，在一些方面已经跻身世界先进行列。我们应当为祖国的繁荣发展感到骄傲，应该对我们中华民族的未来充满信心！

在今年的院士大会上，习近平总书记站在中华民族伟大复兴的战略高度指出：“我们比历史上任何时期都更需要建设世界科技强国。”“关键核心技术是要不来、买不来、讨不来的。”“当今时代，大国竞争的战略制高点就是关键核心技术。”习总书记对建设创新型国家和世界科技强国的期许，是武汉大学作为国家“双一流”大学追求卓越的重任，更是研究生学子矢志创新的不竭动力。那么，如何做一个追求卓越的武大人呢？

追科学梦、圆强国梦，就要立志报国，做有担当精神的武大人。科学没有国界，但是我们每一个人的发展是与国家的前途命运紧紧相连的。中华人民共和国成立初期，我国之所以能够在极端困难的条件下取得“两弹一星”等重大科技成就，一个重要原因就在于有一批科学家胸怀祖国、敬业奉献，放弃海外的优越生活，回到百废待兴的新中国。在座的你们，都是未来科技创新的生力军，我希望你们像在 *Nature* 上发表研究成果的2015级博士生何海龙一样，像破解西药合成金属残留世界性难题的2011级博士生陆庆全一样，潜心科研、担当有为、立鸿鹄志、筑强国梦！

追科学梦、圆强国梦，就要求真创新，做有科学精神的武大人。科学精神产生于探索自然、社会和人类奥秘与规律的过程之中，是推动科学发展的精神动力和源泉，它是一种追求卓越、独立自主、求真务实、传承超越、甘于奉献的精神，集中体现为追求真理、崇尚创新、尊重实践、弘扬理性。同学们，研究生阶段是你们开启学术生涯的重要阶段，学校非常重视对科学精神和创新能力的培养，设立了研究学分制度、学术创新奖励制度、高水平原创研究资助制度，通过举办研究生暑期论坛、暑期学校，跨学科选修课程等一系列措施，为科学精神提供土壤，为创新营造良好环境。我希望你们能够坚持科学态度、掌握科学方法、获取科学知识，敢于创新、善于创新、勇于突破，向更高的学术标准看齐，向更远的学术目标前行。

追科学梦、圆强国梦，就要坚守底线，做有诚信精神的武大人。学术道德是从事学术研究的前提，科研诚信是科学精神最基本的体现。要建设一流大学，首先要营造一流学风。“零容忍”是武大对学术不端行为一以贯之的态度，学术道德底线是绝对不能逾越的红线，我们每个人都要坚决对学术不端和学术浮夸说“不”。学术不端不仅是对个人学术生涯致命的打击，还会对学校声誉造成重创，更不利于国家创新体系建设。我希望你们能恪守学术诚信、严谨治学，尊重并珍惜每一项学术成果，不仅要做追求卓越的创新者，还要坚决做学术道德的捍卫者。

同学们，珞珈山下、东湖之畔是一个做学问的好地方。在未来的日子里，我期待你们始终拥有一往无前的决心、百折不挠的意志和持之以恒的毅力，潜心科研，自律勤勉；我期待你们实干力行，主动瞄准国家战略需求，知行合一；我期待你们永远积极乐观，以自信、感恩、宽容的心态面对挫折和压力。

同学们，我们正朝着实现中华民族伟大复兴的中国梦奋勇迈进，中国梦不仅属于每个中国人，更属于你们青年一代。学校将助力你们成长为祖国富强的臂膀、民族复兴的脊梁、社会繁荣的支撑！希望你们不负祖国、不负人民、不负时代，用激情和奋斗挥洒最美的青春！

最后，衷心祝愿大家在珞珈山学习顺利、取得卓越的成果！

自立自强，科学报国

——在武汉大学2019届毕业生毕业典礼上的讲话

窦贤康

（2019. 6. 21）

亲爱的同学们：

大家上午好！

前不久才和大家在“九一二”操场合影留念，今天就要送你们离开母校。作为校长，也作为一名教师，我的心里十分不舍，相信你们的心情也是一样。近年来，学校努力把毕业典礼办得庄严和盛大，除了彰显对学术的尊重和敬仰，也是为了给你们的大学生活留下最美好、最难忘的临别记忆。

这几年的“珞珈时光”，母校和你们一起奋斗、一起成长。学校大力倡导更加崇尚学术、更加追求卓越、更加关爱学生、更加担当有为，通过大力引育高水平人才、优化培养方案、开设高质量课程，为你们提供更加优质的学习资源；通过配齐选强辅导员队伍，为你们成长成才更好地引路导航；通过改造教室、修缮宿舍、升级食堂、翻修运动场馆，为你们创造更加舒心的学习和生活环境……学校一直在尽最大的努力，希望以最优质的教育资源培养出最优秀的学生。

当然，你们也是学校改革发展的重要见证者。你们见证了学校入选首批“双一流”建设高校，见证了学校对人才的空前重视以及高水平人才数量的大幅增长，见证了学校在*Nature*、*Science*等国际顶尖期刊上发表重大研究成果的突破，见证了学校成功发射全球首颗夜光遥感卫星“珞珈一号”……如今的武大，办学的标准越来越高，与实现世界一流大学的梦想越来越近。母校以你们为荣，也希望你们每个人为母校感到更加骄傲和自豪！

同学们，你们毕业的今年，恰逢五四运动100周年，也恰逢新中国成立70周年。你们生逢其时，在国家最蓬勃发展的时代学习和成长。回顾这百年历史，我们不难发现，一个国家的发展，离不开重道义、勇担当的知识分子，他们是社会的良心，是民族的脊梁。

100年前，山河破碎，民族危亡。在国家生死存亡的那个年代，与你们年龄相仿的一批青年知识分子，以追求“爱国、进步、民主、科学”的“五四”精神，努力探索救亡图存之路，挺身而出，奋起抗争，奏响了浩气长存的爱国主义之歌。

70年前，国家新建，百废待兴。一大批知识分子以科学兴国为己任，自力更生、艰苦奋斗，为国家建设立下了不朽功勋。这其中，就有研制出第一座军用核反应堆的“中国核电之父”欧阳予院士、中国计算机事业创始人之一张效祥院士、中国“两弹一星”功勋科学家俞大光院士等武大校友，他们推动了国家在多个领域实现零的突破。

40年前，改革开放，百业待举。又是一大批知识分子勇立改革潮头，在经济、科技、教育等各个领域敢闯善创、建功立业。这其中，就有以泰康人寿创始人陈东升，小米科技创始人雷军，中国兵器首席专家、中国99A式主战坦克总设计师毛明为代表的武大校友，他们胸怀振兴国家的志向，勇当改革先锋，成为推动科技进步和经济发展的中坚力量。

进入21世纪，科技发展，日新月异。在新一轮科技革命与产业变革到来的新时代，武大人瞄准国家战略需求和世界科技前沿，在地球空间信息领域攻坚克难，为“北斗导航”提供更精密的位置服务；在以“红莲型”为代表的杂交水稻研究领域孜孜以求，为落实国家粮食安全战略做出重要贡献；在人文社科与自然科学交叉前沿领域，为维护边界与海洋权益积极贡献“武大智慧”；还有一大批从事物理、化学、生命科学等基础研究的优秀学者，甘于寂寞，潜心钻研，产出了一批有代表性的原创成果。

回望来路，中华人民共和国从艰难困苦中一路走来，实现了从站起来、富起来到强起来的伟大跨越。当今世界正经历百年未有之大变局，一方面以人工智能为代表的新一轮科技革命和产业变革正重塑全球创新版图，另一方面贸易保护主义和逆全球化思潮屡屡抬头。面对发展的不确定性，只有大力弘扬自立自强的精神，把关键核心技术掌握在自己手中，才能牢牢把握创新主动权和发展主动权。

国家的希望在青年，民族的未来在青年，国家强盛和民族复兴的重任，无疑落在包括你们在内的新一代中国知识分子身上。武汉大学作为一所国家赋予重任、社会寄予厚望的国家重点大学，培养的是民族的精英和社会的栋梁。进入新时代，国家需要你们以自立自强之精神，担纲科学报国之重任！

我希望你们用心锤炼攻坚克难的勇气，身处逆境要有永不言弃的坚韧，面对挑战要有迎难而上的果敢；我希望你们始终秉持笃行实干的精神，按照习近平总书记所强调的“最重要的是要做好我们自己的事情”，不论是继续学术深造，还是走向工作岗位，一定要打好基础，苦练内功；我希望你们努力锻造自主创新的本领，大胆探索未知，勇于批判质疑，敢于并成就“从0到1”的首创之举。

同学们，自立自强是一代代武大人流淌和传承的血脉，科学报国是武大人永恒的情怀和担当。在你们身边，已经有很多同学做出了表率。物理科学与技术学院2015级博士生何海龙同学潜心科研，在校期间就在*Nature*发表高水平论文，毕业后选择在学术道路上继续深造，努力践行科学报国的梦想；水利水电学院2015级本科生嘎次同学，毕业后响应国家号召，回到西藏建设家乡；由我校化学学院2014届本科毕业生谢肖创办、你们这届毕业生中也有许多同学参与过的“清泉计划”公益组织，通过进行水质检测、开展公益调查、捐赠净水设备等志愿接力行动，一届接着一届学生干，只为了让农村贫困地区儿童喝上干净的水，充分彰显了武大学子强烈的社会担当；还有你们中的很多同学，即将奔赴国家经济建设主战场和基层一线，用青春和热血谱写人生的新篇章。从你们身上，我看到了武大人自强不息的奋斗精神、爱国报国的家国情怀和追求卓越的时代担当。我相信，你们未来一定能够在广阔的天地中尽情翱翔，成就精彩人生！

每年毕业的时候，我都会把校友喻杉写给母校的一首散文诗送给毕业生。今天，我同样把这首诗送给你们，以此表达母校对你们的依依不舍之情：

武大的学子也是树

是带着武大之树的魂魄走向四面八方的

武大学子的根不管植于何处

总会有一支伸向珞珈山

请你们记住，无论将来飞得多高、走得多远，你们永远都是武大的孩子。当你们累了、倦了，母校的怀抱永远为你们敞开！

担负时代使命，成就大器人生

——在武汉大学 2019 级本科生开学典礼上的讲话

窦贤康

（2019. 9. 8）

亲爱的同学们：

大家上午好！今天，7232 名本科新生齐聚东湖之滨、珞珈山下，开启你们新的大学生活。在此，我谨代表全校师生员工，对你们致以最热烈的欢迎！在刚刚的国旗传递活动中，你们以独特的方式为中华人民共和国 70 华诞献礼，这其中所展示出来的激情和创造力让韩进书记和我倍感振奋！

从 8 月 23 日入校开始，经过这段时间的校园生活，相信大家对武大有了更加鲜活的感受。武大被誉为全国最美大学，她的美不仅在于得天独厚的自然风光、中西合璧的典雅建筑，更在于 126 年办学历史中所形成的精神风骨和文化底蕴。在民族独立、国家发展、社会进步波澜壮阔的 126 年历程中，武大书写了无数精彩华章，展现了一所卓越大学应有的担当。

这种担当在于她深厚的家国情怀。从诞生之日起，武大就把自身发展与中华民族的命运紧紧相连。126 年前，风雨飘摇，民族危亡，湖广总督张之洞奏请清政府创办自强学堂，从此“教育救国、教育强国”的种子在这里生根发芽。辛亥革命“首义功勋簿”上有30多位武大学生的名字，“中共一大”13名代表中有5人曾在武大学习或工作过，“六一惨案”中20多名师生用鲜血抗争国民党暴行，陈潭秋等60多位武大校友先后为革命献出了生命，还有一批批武大人将潜心为学与民族复兴紧密结合，在炮火中弦歌不辍、赓续文脉。无论面对怎样的风云变幻，武大始终与国家民族同呼吸、共命运，爱国主义永远是我们武大人身上最鲜明的印记。

这种担当还在于她勇创一流的卓越精神。从办学之初起，武大人就有办“一等大学”的远见卓识和宏大气魄，1929年国立武汉大学首任校长王世杰在任职典礼上激昂地宣称：“武汉大学不办则已，要办就办一所具有崇高理想、一流水准的大学。”在抗战时期，王星拱老校长率领师生西迁乐山，在无比艰苦的条件下仍严格要求学生“在道德方面树立国民的表率，在知识方面探求高深的理论”。在学校发展的不同历史阶段，先后有黄侃、竺可桢、李四光、郁达夫、林语堂、闻一多、沈从文等一批大师云集珞珈，他们严谨治学、培桃育李，在珞珈山树起了一座座学术的丰碑。如今“双一流”建设的号角已经吹响，我们正对标世界一流，加快建设中国特色、世界一流大学，在高端人才引进、拔尖人才培养、学术成果创新等各个方面坚持高标准、高要求、高质量，止于至善是我们武大人始终坚守的精神圭臬。

这种担当还在于她敢于创新的优秀品质。武大的历史，就是一部锐意创新的历史。早在国立武汉大学时期，李四光教授就勉励武大学生要“用创新的精神和科学的方法求人生的出路”；在抗战时期，武大学者立足科学前沿，坚持探索创新，在极端困难的条件下仍有8篇论文发表于国际顶尖学术期刊*Nature*、*Science*；20世纪80年代，武大在全国率先推行学分制、主辅修制、转学制、双学位制等一系列教学管理制度改革，极大地激发了办学活力，培养出以“泰康人寿”陈东升、“小米科技”雷军、“公牛电器”阮立平等为代表的一大批杰出校友；在改革开放四十多年进程中，武大人敢闯善创、勇立潮头，既是改革开放奇迹的见证者、受益者，更是直接的参与者和推动者。武大人从未停歇开拓进取、敢闯善创的脚步，开拓创新是我们武大人一脉相承的独特气质。

这种担当更在于她心怀苍生的博大胸怀。前不久，我们痛失了两位德高望重的老院士，其中一位就是“倡议恢复高考第一人”的查全性先生。在 1977 年的全国教育工作座谈会上，查先生深感当时招生制度的不合理，痛陈弊端，大胆谏言，促成了国家恢复高考，使中国高等教育事业发生了深刻的改变。从此以后，千万寒门学子通过知识改变了命运！武汉大学中南医院的桂希恩教授，他以医生的良知与责任拉响艾滋病在中国大地上蔓延的警报，多方奔走，争取国内外对艾滋病患者及孤儿的资助，用博大的仁爱医治和抚慰病人。大学是人类进步的灯塔，武大人始终用大德和大爱点亮世界、传递温暖，心怀天下是我们武大人永远秉持的人生信条。

同学们，引领人类文明和社会进步，推动国家富强和民族复兴是一所大学应有的担当。126 年来，一代代武大人树远大之理想、立豪迈之志向，以学报国、追求卓越、锐意创新、胸怀天下，在实现中华民族伟大复兴的进程中勇担历史重任。当今世界正面临百年未有之大变局，中华民族正处在伟大复兴的关键时期，你们大多是“00 后”，眼界更开阔，思想更开放，精神更独立，实现中华民族伟大复兴的重任无疑落在你们这一代学子身上。在未来的珞珈时光里，你们如何成为一名合格的武大人？我希望你们秉持勇于担当的武大特质，胸怀祖国，放眼世界，努力成就具有大志向、大视野、大胸怀的大器人生。

大器人生首先要有远大志向。一个人要实现人生的价值，首先要立志，志向的高低决定了成就的大小。你们出生成长在国家和平稳定、繁荣发展的年代，这是一种幸运。但同时，安逸的生活也容易磨灭人的斗志。在时代的大潮中，只有把人生理想融入国家和民族的事业中，才能实现自身价值，成就一番事业。同学们，我希望你们传承武大人的家国情怀，立鸿鹄志，做奋斗者，不断砥砺前行。

大器人生要有宏大视野。一个人视野的大小、认知的高低，决定了他发展的高度。大学是传播知识、探寻真理的场所，也是开拓视野、提升自我的地方。大学的人才培养不是某种谋生技能的培养，而是学识和人格的全面培养。同学们，为了帮助你们塑造正确价值观，养成健全人格，拓展思维方式，提升学习能力，学校精心打造了优质的通识教育课程体系，你们在大学生活中要全方位充实自己，不断提升自我。正如前天我在“新生第一课”上所说，希望你们兼具深厚的人文情怀和扎实的科学精神，文科生要掌握基本的科学思维方法，理工科生也要多一些人文的训练和熏陶。

大器人生要有博大胸怀。前段时间，习近平总书记的“我将无我，不负人民”被无数中国人点赞，“无我”是一种大境界，是不计得失、不谋私利，是鞠躬尽瘁、无私奉献。希望同学们有机会一定要去梁家河看一看，正是在那里，习近平总书记度过了七年知青岁月，他同人民群众同甘共苦、情同手足，坚定了为民造福的初心。在今后的大学时光里，我希望你们不要过分计较个人的得失，要敢于跳出“小我”，甚至实现“无我”，就像我们学校帮助和关怀唇腭裂儿童的“Smile 服务团队”，致力于让“人人都能喝上干净水”的“清泉计划团队”，努力改善边远山区教育资源的“大山里的魔法教室”团队一样，心怀他人、关爱社会，担负起属于武大人的社会责任！

同学们，属于你们的珞珈时光已经开启，在这宝贵的几年里，我希望你们传承武大精神，担负时代使命，成就大器人生！最后，祝大家在武大学业有成、生活愉快！谢谢大家！

在珞珈山做好学问

——在武汉大学 2019 级研究生开学典礼上的讲话

窦贤康

(2019. 9. 7)

亲爱的同学们：

大家下午好！

今天，我们在这里隆重举行 2019 级研究生开学典礼，我谨代表全校师生员工，对 8600 多名同学的到来表示热烈的欢迎，祝贺你们成为珞珈山的新主人！

进入研究生阶段，将是你们人生又一个新的起点，它意味着你们进入了理性思辨、探索创新的更高一个阶段的学习，从事科学研究将是你们的首要任务。山水之间，武汉大学是一个做学问的好地方。郭沫若先生曾在《洪波曲》一书中将武大称赞为“武汉三镇的物外桃源”，说“太平时分在这里读书，是有福了”。126 年来，珞珈之山、东湖之水滋养了包括 100 多名“两院”院士在内的名家大师，他们以学报国，求真求知，为民族解放、国家发展和社会进步做出了不可磨灭的贡献。特别是中华人民共和国成立 70 年来，一批又一批武大人勇当先锋、勇担重任，为三峡工程、南水北调、西电东输、中国北斗、粮食安全等国家重大工程、重大项目、重大战略贡献了“武大力量”和“武大智慧”。如今，新一代武大人正对标世界一流，坚持高标准办学，有越来越多的海内外高端人才加盟武大，有越来越多的年轻学者和研究生在 *Nature*、*Science*、*Cell* 等世界顶尖学术期刊发表高水平论文，有越来越多一流的科研平台和科研设施向你们敞开。这一切都将为你们在珞珈山做学问创造更好的条件，营造更好的氛围。

从世界范围来看，当今世界正处于百年未有之大变局，新一轮科技革命与产业变革加速演进，全球科技创新进入空前密集的活跃期，以人工智能、基因编辑等为代表的重大颠覆性技术创新正在加剧世界经济版图和竞争格局的重构。回顾世界前三次科技产业革命，英国、德国、美国、日本等世界强国抓住了产业变革的机遇，依靠科技创新实现了国家强盛。而近代中国屡次与产业革命失之交臂，错失了发展良机。如今，经过 70 年的努力，中国第一次有机会、有实力与世界强国并肩站在科技革命最前沿进行同台竞技，我国科技论文、专利数量等指标位居世界前列。面对千载难逢的历史机遇和严峻挑战，我们只有不断提高创新能力特别是关键核心技术创新能力，才能在大国竞争中赢得优势，抢占先机。近年来，我国对科学研究的重视前所未有，对高端人才引进与培养的力度前所未有，对科研投入前所未有，对科研政策的改革力度更是前所未有，这一切都为新时代科研工作者创造了更为广阔的舞台和天地。在这里，我举三个例子进行阐释。第一个例子是今年上半年正处于中美贸易摩擦升级阶段，武大是为数不多顶着巨大压力赴美招聘人才的学校，是习近平总书记关于“聚天下英才而用之”的讲话精神坚定了我们的信心；第二个例子是前几天我有幸参加了由李克强总理主持召开的国家杰出青年科学基金工作座谈会，李克强总理与大家深入交流，一一回应大家的关切，我切身感受到李克强总理对于青年人才的重视；第三个例子是最近国家先后出台了赋予科研管理更大自主权等系列文件，加大了对科研人员的激励力度。同学们，你们正处于从事科研最好的时代，从事科研大有可为，也必将大有作为。今天，我作为大学校长，也作为一名一线科研人员，我与你们分享三点关于做好学问的思考。

第一，做学问不仅是为了谋生，还应该主动担纲责任，要有服务国家、服务社会的担当意识。2016 年，习近平总书记在全国哲学社会科学座谈会上强调，“必须坚持以人民为中心的研究导向，树立为人民做学问的理想”，这就要求我们当代知识分子必须坚持正确的价值导向和高远的价值追求，秉持忧国忧民和兼济天下的家国情怀。我希望你们坚守和赓续知识分子的担当与责任，主动面向国家重大战略需求，主动面向经济社会主战场，主动面向世界科学发展前沿，把论文写在祖国的大地上，做人民的学问家。

第二，做学问不是为了追名逐利，而是要追求真理，要有淡泊名利、探究真知的求是品质。英国哲学家罗素曾说：“科学是一个不计名利地追求客观真理的过程。”在科学研究领域，唯有淡泊名利、默默耕耘、执着追求，才能有所成就，一旦学术研究以功利为驱动，就只会走马观花、趋利避害，永远不会产生对人类历史有贡献的真知灼见。科研活动是一个非常枯燥的过程，它只有一个标准，那就是坚持不懈地探索客观世界的规律，并为人类知识宝库贡献力量，这样才有价值。近年来，学术界浮躁功利的不良之风大有蔓延之势，学术造假、学术不端、学术腐败的现象屡见不鲜。这些触碰学术道德底线的行为，可能会给科研人员带来短期的利益，但从长远来看，势必会对个人学术生涯、科研学术生态甚至是国家科技发展造成致命的伤害。同学们，我希望你们不仅把做学问当成一种事业，更要作为一种理想和追求，要坚守知识分子的良知，永葆对科学真理的敬畏和信仰，耐得住寂寞，经得起诱惑，守得住底线，以一种超然的心胸和豁达的气度做出大学问，做出真学问。

第三，做学问不是人云亦云，而是要创前人之所未创，要有独立思考、勇于探索的创新精神。创新是科学研究的灵魂，也是引领发展的第一动力。如果我们做科研只会跟在别人后面亦步亦趋，就永远不会发现新知识、突破新技术、开拓新领域，更不可能在大国竞争中牢牢把握创新的主导权。当前我国建设世界科技强国，迫切需要在关键核心技术领域解决“卡脖子”问题。如何解决“卡脖子”关键问题，前段时间我在参加“庆祝中华人民共和国成立 70 周年论坛”时回答网友提问时说：“首要因素是人才队伍的建设，我们要以更大的胸怀引进国外优秀人才，培养更多优秀的年轻人，只有青年人有水平、有干劲、有情怀的时候，才能靠他们解决卡脖子问题。第二，要加强我们国家基础研究的投入，一个是人，一个是政策，还有一个是氛围，再给予一定的时间并保持定力。我们照葫芦画瓢是可以把目前卡脖子的问题部分解决掉，但是基础研究跟不上去、搞不清楚，将来还会被新的技术卡脖子。”武汉大学向来有敢为人先、开拓创新的学术追求，一代代学者创前人之所未创、述前人之所未述，立足前沿开辟学术领域。比如，高尚荫先生是中国病毒学学科的创始人，韩德培先生是中国环境法学的开拓者，王之卓先生是中国摄影测量与遥感学科的奠基人。我希望你们秉持前人探索未知、创造新知的学术传统，像在国际顶尖学术期刊 *Nature* 上发表论文的 2015 级博士生何海龙同学一样，勇于批判质疑，善于独立思辨，敢于自我突破，争取做出更多原创发现，产出更多原创成果。

同学们，中国知识分子自古就有“为天地立心，为生民立命，为往圣继绝学，为万世开太平”的治学目标与人文情怀。作为新一代的年轻知识分子，你们要赓续武大学术传统，回应时代呼唤，主动担当作为，不断夯实学术功底，涵育学术素养，锻造学术能力，在珞珈山做好学问。我希望，你们不负祖国、不负人民、不负时代，在中国崛起的伟大时代中建功立业、奋发有为！

最后，衷心祝愿大家在珞珈山学习顺利、生活愉快！

化危为机　行稳致远

——在武汉大学2020届毕业生毕业典礼上的讲话

窦贤康

（2020.6.20）

亲爱的同学们：

大家好！这段时间，许多同学克服疫情带来的各种障碍，回到了阔别已久的珞珈山，沉寂多时的校园因为你们的到来又焕发出蓬勃生机！

作为校长，每年的毕业典礼，我都想给予你们最庄重、最难忘、最有意义的仪式感，以彰显大学对学生应有的重视，对知识应有的尊重，对学术应有的敬仰！前几年，“九一二”操场万人拨穗、雨中高歌的场景还历历在目，我知道你们一直非常期待属于自己的青春盛典。

这次新冠肺炎疫情，是中华人民共和国成立以来我国遭遇的传播速度最快、感染范围最广、防控难度最大的重大突发公共卫生事件。疫情发生后，在以习近平同志为核心的党中央的坚强领导下，经过全国上下和广大人民群众艰苦卓绝的努力并付出巨大牺牲后，我国疫情防控取得重大战略成果，包括湖北省、武汉市在内的全国各地的经济社会发展正在加快恢复。今天，在这样一个特殊时期，我们采取以线上为主、线上与线下相结合的特殊形式举办一场特殊的毕业典礼，尤其是少数同学以极高的热情回到校园参加现场毕业典礼，显得弥足珍贵！

学校之所以要克服种种困难坚持举办一场专属于你们的送别仪式，就是希望武汉大学的毕业典礼不因任何艰难险阻而中断，就是希望为你们的大学生活画上一个圆满的句号，就是希望你们在最后的大学时光不留太多遗憾，就是希望寄托在这场仪式中的武大精神能由你们这届毕业生得以延续和弘扬，也希望通过这场典礼纪念武汉人民付出的巨大牺牲和取得的可贵胜利！

当前，从全球范围来看，新冠疫情大流行仍在持续。而中国能够在这么短的时间内控制住疫情，并在全球率先实现复工复产，正是得益于习近平总书记亲自指挥、亲自部署，得益于以习近平同志为核心的党中央的坚强领导，得益于中国特色社会主义的制度优势，得益于全国各族人民众志成城的团结精神，得益于湖北人民和武汉人民的坚韧不拔。包括武汉大学师生在内的每个中国人，都应该为我们身处中国而感到无比骄傲和自豪！

这场肆虐全球的疫情已经不单单是一场公共卫生领域的危机，它不仅加剧了原有全球格局的改变与冲突，还深刻影响着世界发展的进程与未来，加剧了“百年未有之大变局”的不稳定性和不确定性。这场疫情给人类社会发展的冲击是巨大的，影响是深刻的，留给我们的思考也是多方面的，从一个国家到我们每一个人，应对疫情的态度和疫情之下的选择，直接决定不同的结局和不一样的未来。作为校长，今天我想与大家分享关于疫情的三点思考，希望你们从抗疫这本鲜活的“教科书”中，汲取成长的力量。

第一，永葆爱国之“心”，大力弘扬众志成城的民族精神。

疫情发生以来，习近平总书记反复强调，要“与时间赛跑、同病魔较量”，“把人民生命安全和身体健康放在第一位”。武汉火神山、雷神山医院以令世人惊叹的“中国速度”建造启用，19 个省市区对口支援湖北，全国 364 支医疗队、

4.2万余名医务人员奔赴抗疫一线，全国人民全力以赴投入这场不见硝烟、事关生死的战场，凝聚起中华民族坚不可摧的强大力量！

这几个月来，我见过、听过太多催人泪下的感人故事。有一位援鄂医疗队护士，她叫周国红，曾经参加过SARS和汶川地震的医疗救援，这次又来到了武汉抗击新冠疫情的一线。临行前，女儿陈彦然躲在被窝里哭着不让她走，她对女儿说："你将来要读武汉大学对不对？武汉现在生病了，如果我不去治疗她，将来你就没有学校可以读了。"这位可敬可爱的周国红护士在抗疫一线多次晕倒，却不忘牵挂女儿，在防护服上写下"认真写作业"五个字督促孩子。这个故事格外感动武大人，我听到这个故事后，特地给周国红护士的女儿陈彦然同学写了一封信，对她的母亲在抗疫中的贡献表示感谢，并期待她努力学习，早日来到珞珈山求学成才。抗疫结束后，周国红护士病重入院，目前还在与病魔作艰苦的斗争。正是这些最可爱的人在危难之中帮助了武汉，我们永远不能忘记他（她）们！所以，学校做出决定，明年在樱花盛开之际专门选择一天，向所有帮助过武汉的医护人员专场开放。

武汉大学此次身处新冠疫情防控的主战场，学校附属的人民医院和中南医院不仅是新冠肺炎定点收治医院，还接管了雷神山医院、武昌方舱医院、武汉客厅方舱医院、武汉市第七医院、武汉市第九医院，支援金银潭医院危重症患者救治，在湖北保卫战、武汉保卫战中发挥了重要作用。我们有不止一位杰出校友在抗疫中献出了宝贵生命，他们用生命守护生命，以大爱诠释医者仁心；我们还有许多校友企业家多方奔走、千里驰援，在疫情最危急的时刻构筑起生死时速的医用物资运送通道，武大校友捐赠总额超过12亿元，占武汉市接受捐赠总额的四分之一；我们还有一批医学研究生在实习医院主动请缨，发出了"我们既是准医生，更是共产党员"的时代强音，一些回到家乡的学生也主动参与社区志愿服务，为一线医务人员的子女远程上课；我们还有无数默默奉献的党员干部和后勤人员，他们坚守岗位、下沉社区，为学校疫情防控筑起一道坚强的防线。

同学们，历经淬炼的中华民族向来都是从挑战中汲取力量，在磨难中不断奋起，在这场伟大的全民抗疫中，我们深刻认识到了党中央和各级政府的坚强领导，我们深切感受到了全国人民和全体武大人众志成城、万众一心的可贵精神。家与国、民族命运与个人前途，从来都是紧紧连在一起的。我希望，你们永葆一颗赤诚的“中国心”，坚定信心，不犹豫、不懈怠、不畏难，在中华民族伟大复兴的进程中展现武大人应有的家国担当。

第二，认清危中之“需”，主动担纲科学报国的重任。

回顾2002年末发生的“非典”疫情，尽管我国首先发现了感染病例，但在确定病原体、分离病毒、DNA测序等方面远远落后于西方国家；18年后的今天，在面对比SARS冠状病毒传播力更强的新冠病毒时，我国在十天之内就率先甄别出病原体，并在第一时间研发出检测试剂盒，这充分证明了我国在科技创新领域取得的长足进步。在这一过程中，武大人也没有缺席，一批武大学者深入疫情一线，在病毒鉴定、检测诊断、新药创制、基础研究等方面攻坚克难，书写了武大人在民族危急关头的责任与担当。我校病毒学国家重点实验室的蓝柯教授团队在不到一周时间里，就完成病毒全基因组序列测定并依规上报，成为国内最早鉴定出新型冠状病毒的团队之一，为中国在疫情早期快速锁定病原体做出了重要贡献；我校药学院的刘天罡教授团队开发出纳米孔靶向测序法，极大程度地提高了检测效率和准确率，为病毒检测和临床诊疗提供了技术支撑。如今，国内外对于新冠疫情的药物研制和疫苗研发还没有定论，要打赢这场硬战，只有向科学要答案，还需要科技工作者持续不断地努力拼搏、攻坚克难。

同学们，人民的需要和时代的呼唤，就是你们努力的方向。中国只有将关键核心技术牢牢掌握在自己手上，才不会被别人“卡脖子”，才能有效维护人民生命安全和国家战略安全。未来关键领域的核心技术突破，需要你们这代年轻人迎难而上，需要你们主动担负起进军世界科技强国的时代使命。我希望，你们积极发扬严谨求实、勇攀高峰的科学精神，永远保持蓬勃向上的朝气和敢为人先的锐气，在未来科技舞台上充分展现出武大人的风采。

第三，找准发展之“机”，打开人生发展的新天地。

上个月，陈东升校友带着 14 位在各行各业中有着较强影响力的企业家来到武大，为武汉复工复产加油打气，并寻求疫情下合作共赢的新机遇。在和这些企业家的交流中，我不仅感受到他们崇高的家国情怀和强烈的社会担当，更感受到他们作为企业家对于时代变革的敏锐把握。尽管突发疫情让世界经济出现暂时性的停摆，却为传统产业的优胜劣汰和转型升级提供了机遇，为在线办公、远程教育、智慧医疗、移动支付、无人配送等各种新经济、新产业和新业态的勃发创造了条件，特别是随着数字经济的到来，以 5G 网络、人工智能、大数据中心、工业互联网等为代表的“新基建”将成为促进中国新旧动能转换的重要领域，成为未来中国经济高质量发展新的增长点。

前不久，习近平总书记在浙江考察时指出：“危和机总是同生并存的，克服了危即是机。”同学们，疫情中各种新需求的倒逼，就是未来创新创业的机遇所在。未来的竞争不仅仅是资本、技术和产品的竞争，更取决于人的思想观念与方式方法的创新。我希望，你们用“敢闯”的激情和“善创”的能力，找准未来发展的机遇，努力推动更多新技术的突破，催生更多新产业的变革，带动更多新业态的诞生，这也许是你们走向成功的最好选择，也是武大人的使命所在！

同学们，武汉已经重启，国家在做好疫情常态化防控的同时，正全面恢复生产生活秩序。在以习近平同志为核心的党中央的坚强领导下，中国经济长期向好的基本面没有改变，湖北在国家和区域发展中的重要地位没有改变，武汉大学加快建设中国特色、世界一流大学的底气和信心也没有改变。同学们，你们要对中华民族伟大复兴充满信心，对走中国特色社会主义道路充满信心，对国家经济社会发展前景充满信心，对学校改革发展的美好蓝图充满信心，对自己的未来充满信心！

星光不问赶路人，时间不负奋斗者。今天这场毕业典礼，就是你们人生起航的新起点，我期待你们放眼未来，不断增强转危为机的坚定信心，化危为机的昂扬斗志，危中求机的果敢睿智，让人生的路越走越宽、越走越远！

古人是千里共婵娟，今天我们和很多同学是千里共“云端”。尽管相隔千山万水，但母校无时无刻不在牵挂着你们！等疫情过去，珞珈山下，我们相聚可期！期待你们再次回“珈”看看！

后 记

谨成此书，向武汉大学合校二十年致敬！

2000 年 8 月，原武汉大学、武汉水利电力大学、武汉测绘科技大学、湖北医科大学合并组建成新的武汉大学。三所国家“211 工程”重点建设大学与一所省属重点大学，强强联合，优势互补；“文”“理”化玉，“工”“医”合璧，由此，一所人文与科学相融、学科门类齐全的综合性大学汇聚新力量，走进新世纪，踏上了全面提升整体实力，为党育人、为国育才的新征程。

为铭记这段不平凡的奋斗历程，进一步阐释和弘扬武大精神，并将其转化为推动学校建设中国特色、世界一流大学的强大精神动力，我们收集整理了 2000—2020 年历届开学典礼和毕业典礼上的校长致辞，编辑出版《犹记韶华在珞珈——合校二十年开学典礼和毕业典礼校长寄语》一书，力求从校长们的教育思想和办学理念中，见证武汉大学这 20 年来的发展进程，探究决定一所学校发展的最基本、最深沉、最持久的力量。

本书编选的校长致辞大部分由校长本人提供，小部分由原校长办公室工作人员提供，特别感谢邓小梅、胡庆方、杨敏的鼎力相助。为保持编辑的统一性，方便读者把握校长寄语的要义，我们为早年的校长讲话凝练了标题，对每位校长任期内寄语作了大致的概括，也对讲话中个别地方进行了修正，希望能表达准确、校勘无误。感谢徐业勤、周玉霞、杨欣欣、陈丽霞、李琳、庞慧欣为本书出版所付出的辛勤努力，感谢孙太怀、倪清同志提供了校长们的相关资料和信息。在本书的出版和编印中，王雅红、聂勇军编辑体现了高度的专业和敬业精神，做了大量艰苦细致的工作。

同时，我们也希望本书的出版，能够帮助青年大学生成长，更好地把握大学时光、走好人生路。希望广大大学生朋友们喜欢！

编者

2020 年 8 月

图书在版编目(CIP)数据

犹记韶华在珞珈:合校二十年开学典礼和毕业典礼校长寄语/窦贤康主编.—武汉:武汉大学出版社,2020.9

ISBN 978-7-307-21693-8

Ⅰ.犹… Ⅱ.窦… Ⅲ.演讲—中国—当代—选集 Ⅳ.I267

中国版本图书馆 CIP 数据核字(2020)第 139604 号

责任编辑:聂勇军　　责任校对:李孟潇　　版式设计:韩闻锦

出版发行:**武汉大学出版社**　(430072 武昌 珞珈山)

(电子邮箱:cbs22@whu.edu.cn 网址:www.wdp.com.cn)

印刷:武汉市金港彩印有限公司

开本:720×1000 1/16　印张:13.75　字数:182 千字　插页:2

版次:2020 年 9 月第 1 版　2020 年 9 月第 1 次印刷

ISBN 978-7-307-21693-8　定价:68.00 元
